Corina Bomann

Un sogno tra i fiocchi di neve

Traduzione di
Sara Congregati

GIUNTI

Titolo originale:
Eine wundersame Weihnachtsreise

Published in 2013 by Marion von Schröder Verlag

http://narrativa.giunti.it

Via Bolognese 165 – 50139 Firenze – Italia
Piazza Virgilio 4 – 20123 Milano – Italia
Prima edizione: novembre 2014

Ristampa	Anno
6 5 4 3 2 1 0	2018 2017 2016 2015 2014

A tutti quelli che anche a Natale si danno da fare
perché il mondo vada avanti.

1

Appena scesa dal tram, Anna fu travolta da una musica assordante: sulle note chiassose dei fiati, cori di bambini entusiasti intonavano i tipici canti natalizi. Poi, dall'enorme altoparlante di una bancarella del mercatino, ecco l'immancabile: «Last Christmas, I gave you my heart...».

Mentre George Michael cantava la fine della sua storia d'amore, nuvole di aromi contrastanti si diffondevano nell'aria: mandorle tostate, zucchero filato, würstel. Le strade erano gremite di gente trafelata, del tutto indifferente all'abete che svettava maestoso sul mercatino. Dall'alto dei suoi rami le classiche statuine di minatori e incensieri osservavano con aria diabolica la folla. Anna non poté fare a meno di notarle, ma distolse lo sguardo: possibile che nessuno si accorgesse del loro aspetto inquietante? Dei denti minacciosi? Degli occhi penetranti?

Poteva tentare di sfuggire alle loro occhiate sinistre, ma non c'era modo di sottrarsi agli odori e ai rumori circostanti. Tapparsi naso e orecchie l'avrebbe resa ridicola, quindi si accontentò di tirarsi su la sciarpa fino agli occhi, e con la borsa stretta sottobraccio, partì spedita lungo il marciapiede.

Quando finalmente arrivò a casa della signora Hallmann, la stoffa della giacca, i capelli e persino i pori della pelle erano ormai impregnati degli odori del Natale. Per non parlare poi del tormentone di George Michael e dell'odioso tintinnio di campanelli che aveva ancora nelle orecchie.

Anna stessa non sapeva spiegarsi tanta ostilità nei confronti della festa più attesa e amata. Da piccola non vedeva l'ora di arrivare a dicembre e all'emozionante conto alla rovescia dell'Avvento. Eppure, da un certo momento in poi l'emozione e la gioia dell'attesa avevano lasciato il posto a un sentimento di nausea e insofferenza per il buonismo esasperato del Natale, che ogni anno, puntualmente, bussava alla porta con quasi un mese di anticipo.

Così aveva iniziato a rifuggire da tutto ciò che, anche solo vagamente, glielo ricordasse. In quel periodo era più che disposta ad accettare lavoretti extra all'università, specialmente in biblioteca, dove il divieto di mangiare impediva agli odori tipici della festività di annunciarne l'arrivo.

Durante gli spostamenti in tram cercava di non guardare dal finestrino le case illuminate a festa in modo pacchiano, mantenendo lo sguardo incollato su un libro. Allo studentato tirava dritto in camera e di sera andava al cinema o in qualsiasi altro locale dove non si respirasse troppo l'atmosfera del Natale.

La sua amica Paula le aveva affibbiato un soprannome per le festività: «Grinch», l'acerrimo nemico del Natale nei libri del Dr. Seuss, e le aveva regalato apposta una sciarpa verde che Anna aveva subito riposto in qualche angolo sperduto di un cassetto. Non tanto per l'associazione con il Grinch, quanto per il colore, che trovava le desse un aspetto malaticcio.

Nonostante tutti gli accorgimenti e le strategie del caso, c'erano due giorni della settimana in cui non poteva in nessun modo sfuggire alla frenesia del Natale: durante le visite alla signora Hallmann. L'anziana donna di ottantacinque anni camminava ormai con difficoltà, così Anna le faceva la spesa o sbrigava per lei le faccende domestiche.

«Frittelle, frittelle fragranti!» le urlò qualcuno nell'orecchio con uno spiccato accento sassone. Anna avvertì sulla guancia il calore di un vassoio fumante e, inorridita, si fece da parte con un balzo, inciampando e reggendosi in piedi per miracolo.

A causa della sua avversione per l'atmosfera che regnava ovunque, Anna non si era accorta del venditore ambulante di frittelle che, con la sua ingombrante cassetta appesa al collo, ostruiva il passaggio per le strade del mercatino. Fulminato dal suo sguardo torvo, l'uomo, che in testa aveva un ridicolo berretto costellato di lucine a intermittenza, si trattenne dal ripetere il suo ritornello.

Cinque minuti dopo ce l'aveva fatta: finalmente si era liberata dei canti e dell'odore appiccicoso di zucchero filato e caramello. Si fermò davanti a un edificio a tre piani, ignorando la facciata restaurata a regola d'arte che d'estate restava a guardare assorta per ore. La fuga dal caos del Natale era di primaria importanza. Senza esitare, suonò il campanello con su scritto "Hallmann". Il portone si aprì subito – la signora Hallmann sapeva che sarebbe venuta – e Anna entrò nell'atrio che, chissà per quale oscura ragione, non era ancora impregnato degli odori natalizi. C'era puzza di disinfettante, ma per lei fu come una ventata d'aria fresca mentre saliva le scale fino al terzo piano.

Appoggiata a un vecchio bastone, la signora l'aspettava già sulla porta. «Anna, bambina mia, che bello vederti.»

Sentì subito un buon profumo di torta, e sorrise compiaciuta. Sapeva di lievito caldo, di vaniglia e di zucchero.

Le gambe della donna quel giorno erano più gonfie del solito nelle calze contenitive, ma non aveva rinunciato a preparare la torta di briciole, la preferita di Anna.

«Mi scusi se oggi ho fatto più tardi, il professore ci ha trattenuto raccomandandoci per l'ennesima volta di non battere la fiacca durante le vacanze di Natale.»

«Non ti preoccupare, sapevo che prima o poi saresti arrivata. Per quanto sia vecchia, ho studiato anch'io, e so come sono i professori.»

Entrando, Anna osservò di nuovo l'alberello di Natale decorato con le stelle di paglia che la signora Hallmann aveva messo nell'ingresso. Stranamente la cosa non la disturbò. Le stelle erano molto vecchie e intrecciate con grande maestria: decisamente delle piccole opere d'arte. Niente a che vedere con il kitsch che imperava ovunque.

«Dài, vieni. Ho fatto la torta ed è l'ora del caffè.»

Anna la seguì. Prima di dedicarsi alle faccende di casa e alla lista della spesa, la signora Hallmann insisté affinché si sedessero comodamente a fare quattro chiacchiere. Una consuetudine che Anna amava molto e che le faceva dimenticare il tran tran natalizio.

Appesa la giacca all'attaccapanni, seguì in soggiorno l'anziana signora, prossima ormai all'ottantaseiesimo compleanno. Come sempre, quando Anna le faceva visita, il tavolino da caffè era già apparecchiato. Il servito era quello della nonna della signora Hallmann, composto da graziose tazzine che sembravano pensate per la stanza delle bambole.

«Allora, bambina mia, tra poco è Natale» disse la signora, sedendosi sul divano dove passava gran parte delle sue giornate a causa del problema alle gambe. Aveva a portata di mano telefono, cioccolatini e un telecomando dotato di un tasto per la chiamata d'emergenza al dottore. «Tagli la corda anche stavolta?»

L'anziana signora la conosceva fin troppo bene. Ma come poteva essere altrimenti dopo due anni? Era diventata ormai una specie di nonna per Anna, che una nonna non l'aveva mai avuta. Di conseguenza conosceva i suoi gusti, ciò che le piaceva e ciò che invece detestava. E naturalmente sapeva che a Natale Anna fuggiva in qualche esotica località di mare, evitando il più possibile ogni contatto con le usanze tipiche delle feste.

«Non ho ancora deciso» rispose mentre dal prezioso bricco la signora versava a entrambe il caffè ancora fumante. «Sono un po' a corto di soldi, e per di più devo studiare.»

«Non vorrai mica studiare proprio il giorno di Natale! Prima o poi, durante l'anno, bisogna staccare e concedersi qualche distrazione.»

«Posso sempre venire a farle visita» ribatté Anna, pur sapendo che la signora Hallmann, nonostante l'età, sarebbe partita per festeggiare il Natale in famiglia.

«In tal caso dovresti venire sui Monti metalliferi, e poi a Colonia. I miei due figli con le loro famiglie vogliono passare il Natale con me quest'anno, e sai che non amo ospitarli qui.»

«Intende fare di nuovo tutta quella strada?» Ogni anno, a Natale, l'anziana signora, nonostante il gonfiore alle gambe e l'asma, attraversava mezza Germania per andare a trovare figli e nipoti.

«Ma certo! E anche stavolta in treno, come sempre!»

«E le sue gambe?»

«Che fastidio mi daranno mai, a riposo per tutto il viaggio. E poi i treni mi portano dappertutto. In genere incontro sempre persone gentili che mi aiutano a salire e a scendere. È lo spirito del Natale che rende tutti più buoni.»

Anna ne dubitava. Lo spirito del Natale rendeva tutt'al più frenetici. Semmai era più probabile che nessuno in stazione resistesse al fascino della graziosa vecchietta e, forse, qualcuno avrebbe cercato così di attirarsi un po' di karma positivo.

Anna per un attimo pensò di offrirsi come accompagnatrice. Poi prevalse il timore di risultare troppo invadente. No, avrebbe trascorso le festività al caldo, magari a Maiorca.

«A proposito, mi farebbe molto piacere se tornassi a farmi visita il 23 pomeriggio. Ho un regalo per te.»

«Un regalo? Per me? Ma non deve, davvero.»

Come al solito, poco prima di Natale si scambiavano sempre dei pensierini; in genere la signora Hallmann le regalava una calza piena di dolcetti, mentre Anna le comprava una scatola di praline al cognac, di cui andava matta. Ma un regalo vero?

«Sì che devo, invece. Ognuno merita un riconoscimento per ciò che fa di buono, e tu mi aiuti così tanto, e da ben due anni, per cui desidero darti qualcosa che spero possa piacerti.»

Cosa poteva mai essere? Anna si incuriosì. La signora Hallmann, a giudicare dal sorriso, sembrò notarlo.

«E non ti venga in mente di portarmi qualcosa. In casa mia ne ho fin troppi di gingilli.» Fece un sospiro e poi aggiunse: «In un certo senso capisco perché non ti piace il Natale. Non sai quanto mi costa far finta ogni anno di apprezzare i regali di figli e nipoti».

«Ma saranno sicuramente dei bei regali.»

«Figuriamoci!» scoppiò a ridere l'anziana signora. «Disegni scarabocchiati in fretta e furia, brutte statuine di porcellana, carillon, gioielli che non porterei neppure se avessi cent'anni. E maglioni! Ho perso il conto dei maglioni che mi hanno regalato. Ma la cosa triste è quando mi offrono attrezzi da cucina. Preferirei di gran lunga un lettore mp3 o uno di quei moderni lettori eBook. Le signore del mio circolo ce l'hanno, e da quando ho scoperto che si può aumentare la grandezza dei caratteri, ne vorrei uno anch'io. Ma se uscissi fuori con una simile richiesta, i miei figli si metterebbero a ridere, non ho dubbi. Forse credono che non sappia maneggiare strumenti del genere. O, peggio, che non valga più la pena spendere quei soldi per me.»

«Se desidera un lettore eBook, glielo procuro io. Ne esistono tanti modelli, e non costano neanche un'esagerazione.»

«Non stento a crederlo, Anna, e se non dovessi riceverne uno neppure quest'anno, ti incarico ufficialmente di prendermelo, d'altra parte se Maometto non va alla montagna, è la montagna che va da Maometto. In realtà, però, non è di questo che si tratta: è che sono arcistufa di recitare ogni volta la parte della brava nonnina che si accontenta di tutto. Forse quest'anno dovrei impormi un po', che dici?»

«Ci provi. Oppure minacci i suoi figli di intraprendere una lunga e costosissima crociera se non esaudiscono i suoi desideri.»

La signora Hallmann fece una sonora risata. «Sì, questo metterebbe loro paura. Ma, a essere sincera, la cosa mi disturba fino a un certo punto. È la mia famiglia e di sicuro neanch'io sono sempre stata perfetta. Sarò felice di ricevere gingilli e disegni perché amo i miei figli e i miei nipoti, e non farei assolutamente niente per ferirli.»

Queste parole incupirono Anna. Forse anche lei feriva la propria famiglia allontanandosi per le feste? *No*, si affrettò a rispondere, *sicuramente no. Sono felici che io non ci sia, che non disturbi la loro quiete natalizia. E finora la mamma non ha mai tentato di dissuadermi dal partire a Natale, quindi me ne andrò al sole anche questa volta. Il nuovo anno arriva comunque, con o senza albero di Natale.*

2

«Ed ecco a voi tre grandi successi natalizi. Cominciamo con: *Last Christmas...*»

Con un profondo senso di frustrazione Anna spense immediatamente la radio, chiedendosi se non fosse magari il caso di chiamare l'emittente. Perché non la finivano una buona volta con quella stupida canzone? Come minimo la trasmettevano un milione di volte durante l'Avvento, un vero e proprio strazio.

Nauseata dalla musica in generale, Anna decise di sedersi al computer nel tentativo di superare il classico blocco dello scrittore. Lo schermo riportava lo scarno inizio di un testo che avrebbe dovuto scrivere per il professor Winkelstein.

«Un racconto d'inverno» era il tema, ispirato all'opera di Shakespeare, ma senza il dramma medievale: una storia tratta dalla propria vita. Come se si potesse viverlo un racconto! Ma chi aveva la forza di mettersi a discutere col professor Winkelstein?

In un certo senso era come essere tornata a scuola e dover raccontare la più bella esperienza delle vacanze. Ma, a parte il fatto che l'inverno di per sé le offriva ben pochi spunti narrativi, il professore certamente non si sarebbe accontentato di un testo semplice e ingenuo. No, si sarebbe aspettato qualcosa all'altezza del modello di Heine o di Shakespeare. Ma lei era soltanto Anna Wagner. Forse era per via di tutti quei fronzoli natalizi che scintillavano in giro, che oggi era così bloccata. Nemmeno lo studentato era rimasto immune alla frenesia. Di ritorno dalla signora Hallmann, aveva trovato un alberello di Natale nell'atrio. E qualcuno doveva aver fatto dei biscotti nella cucina comune; anzi, doveva averli bruciati!

Visto che, almeno per quella sera, non avrebbe avuto alcuna ispirazione, si mise a cercare in rete una vacanza *last-minute* a prezzo accessibile.

Non riusciva a spiegarsi come mai quest'anno fosse rimasta così a corto di soldi. Gli anni precedenti aveva a disposizione un po' più di risparmi. In effetti stavolta non era stata poi così fortunata con i soliti lavoretti da studentessa. Inoltre il semestre era stato piuttosto stressante: nel giro di sei mesi intendeva laurearsi, quindi doveva frequentare più corsi. Dunque le restava solo il tempo di occuparsi della signora Hallmann, da cui accettava, nella migliore delle ipotesi, qualche mancia.

Il segnale acustico del computer la avvertì dell'arrivo di una mail. Ammaliata da un'immagine a tutto schermo di una fantastica spiaggia baciata dal sole e lambita da acqua limpida nelle varie tonalità del turchese, Anna si sforzò invano di ignorarla: *Mallorca last minute a soli 99 Euro*, pubblicizzava il sito di un'agenzia di viaggi.

La curiosità, però, ebbe la meglio. Magari le aveva scritto anche la sua amica Paula. Era al terzo anno di Medicina all'università di Halle, abitava in periferia ed era lo spirito del Natale fatto persona – il che non aveva tuttavia portato alla rottura della loro amicizia. Si vedevano ogni fine settimana, anche nel caso in cui una delle due avesse dovuto sostenere un esame il lunedì mattina.

Solo un attimo dopo Anna si pentì di aver aperto la casella

di posta. Quando lesse mittente e oggetto della mail fu percorsa da un brivido. Non voleva aprirla, poi però si fece coraggio. Che sarebbe stato mai?

Da: Conny Dressler
A: Anna Wagner

Oggetto: Vieni da noi?

Cara Anna,
la mamma mi ha dato il permesso di usare la sua casella di posta, per cui ti scrivo brevemente. Come stai? Io bene. Pensa, la professoressa Traunstein mi ha dato otto all'ultimo compito di matematica. Io avrei voluto scrivertelo nella prossima lettera, ma la mamma pensava fosse meglio te lo dicessi per mail.
A dire il vero, però, volevo chiederti un'altra cosa. Vieni da noi quest'anno a Natale? La mamma dice che sicuramente te ne andrai da qualche altra parte, ma non mi hai ancora scritto niente, per questo te lo chiedo adesso. Vieni? Ne sarei felicissimo, sono quasi sei mesi che non ci vediamo.
Ti stringo forte, il tuo Jonathan

P.S.: Quest'anno vorrei per regalo un libro di fiabe su Babbo Natale…

Anna, immobile davanti al computer come una statua di sale, osservava inebetita il classico pupazzo di neve con la carota al posto del naso, sfondo natalizio del suo programma di posta. Ma non era quello a innervosirla. Il suo fratellino le stava chiedendo di passare il Natale con lui, sua madre e il patrigno! Mai successo prima. Le venne un sospetto: c'era la mamma dietro quella mail? Magari era stata proprio lei a scriverla, spacciandosi per Jonathan?

Dopo essersi ripresa dallo shock, Anna aprì il cassetto della scrivania. Nonostante i contatti sempre più radi con la mamma, il fratellino, che aveva compiuto nove anni, le scriveva quasi tutte le settimane una letterina in cui le raccontava di sé. La sua corrispondenza riempiva ormai diverse scatole da scarpe, che Anna custodiva gelosamente nell'armadio, al riparo dall'occhio indiscreto di eventuali ficcanaso. Le lettere più recenti e più belle le teneva nella scrivania, per leggerle ogni volta che le capitava una giornata storta.

Una rapida occhiata al calendario le confermò che, in effetti, erano già passati sei mesi dall'ultima volta che aveva visto la sua famiglia. Era stata a trovarli il 19 giugno, per il compleanno di Jonathan. Aveva resistito tre giorni, dopo di che era scappata via.

A prima vista potevano sembrare piccolezze quelle che le avevano avvelenato il soggiorno a casa. La mamma naturalmente aveva tentato di trattenerla più a lungo, ma poi era arrivata, puntuale, l'inquisizione: cosa pensi di fare dopo l'università? Hai un fidanzato? Non sarebbe stato meglio per te studiare a Berlino? E così via.

Il suo patrigno era riuscito a fare di queste semplici domande, comunque irritanti, una questione di stato. E poiché lui era l'ultima persona da cui intendeva accettare prediche, aveva fatto le valigie e si era dileguata in fretta e furia.

E ora questa mail…

Tirò fuori l'ultima lettera che il fratello le aveva scritto con la sua calligrafia infantile. L'indomani ne sarebbe arrivata un'altra.

Era stato Jonathan a scrivere quella mail? Lo aveva fatto di sua iniziativa?

S'immaginò il fratello, con i ciuffi castani arruffati, chiedere con insistenza alla madre di lasciargli usare il computer. Quell'immagine la toccò nel profondo e, come se ciò non bastasse, c'era anche la richiesta del libro di fiabe.

Probabilmente Gerd, il suo patrigno, aveva deciso che il bambino non dovesse ricevere libri del genere, e che per lui fossero invece più adatti dei modellini di auto o le costruzioni. Niente cultura, e men che meno letteratura, che avrebbero fatto di Jonathan un rammollito...

Anna respirò profondamente per reprimere l'odio che provava nei confronti del patrigno. Il fatto che non s'interessasse di libri era solo uno dei tanti motivi per cui non aveva mai legato con lui.

Però, forse la mail è davvero di Jonathan, si disse, cercando di convincersi. E anche se fosse stata di sua madre, cosa cambiava? Jonathan sarebbe stato felice di rivederla. Chiunque l'avesse invitata.

Forse dovrei andarci proprio per questo, le passò per la testa. *Così Jonathan avrà il suo bel libro di fiabe e Gerd si incavolerà di brutto vedendo il bambino così interessato. Potrei leggergli qualche fiaba e potremmo addirittura costruire un castello di cartone in cui nasconderci dal mondo...*

Anna s'immaginò come gli avrebbero brillato gli occhi a una simile proposta. Nelle lettere che aveva ricevuto si avvertiva sempre una nota di tristezza per il fatto che lei non andasse mai a trovarlo a Natale.

Va be', per una volta, pensò, cliccando su RISPONDI. *In fin dei conti anche le feste di Natale passano. Quando non ne potrò più, toglierò le tende e festa finita.*

Da: Anna Wagner
A: Conny Dressler

Oggetto: Re: Vieni da noi?

Caro Jonathan,
io sto bene. Qui a Lipsia fa piuttosto freddo, e in questo periodo ho davvero tanto da fare. Devo scrivere un'altra storia ma, a essere sincera, non so ancora da dove cominciare. Quest'anno non vado via a Natale, il che significa... sì, vengo a trovarti! Prima, però, convincerò Babbo Natale a portarti un libro di fiabe. Non esiste che non te lo porti! Guarda caso, abita da qualche parte sui Monti metalliferi, proprio qui nei dintorni. Lo chiamerò.
Tutto il resto te lo racconterò quando sarò lì da te. Magari potrai darmi una mano con la mia storia. Qualche suggerimento?
Un abbraccio affettuoso.
La tua Anna

P.S.: Un caro saluto alla mamma da parte mia!

Sospirando, Anna cliccò su INVIA MESSAGGIO, mandando la risposta nell'etere. Ora non si poteva più tornare indietro! Al solo pensiero ebbe una stretta allo stomaco, ma non appena le cadde lo sguardo sulle lettere di Jonathan e sulla foto del fratellino che aveva sulla scrivania, qualcosa si smosse dentro di lei. Era come se si fosse aperta una porticina. Era felice di rivedere il fratello, i suoi occhi raggianti e il suo sorriso. Se Gerd si fosse di nuovo comportato male con lei, si sarebbe aggrappata a quel pensiero.

Chiuse quindi l'immagine di Maiorca e aprì il sito delle ferrovie. Non voleva arrivare troppo presto a Berlino, anche se avesse dovuto rinunciare a un biglietto più economico.

Mentre navigava, ecco il segnale di un'altra mail in arrivo. Era già la risposta di Jonathan? Stava di guardia davanti allo schermo del PC?

Anna guardò l'orologio, mancavano cinque minuti alle otto. A quell'ora Jonathan andava a dormire, a meno che, nel frattempo, non fosse cambiato qualcosa. Aprì la mail, ma al posto dello sfondo natalizio trovò una superficie verde.

Da: Paula Michel
A: Anna Wagner

Oggetto: Tra poco è Natale, Grinch!

Ciao Anna,
non è che avresti voglia di fare un salto qui da me prima di Natale? Quest'anno non ce la faccio a partire con te, questioni di famiglia, cerca di capire. Però vorrei vederti lo stesso: ce la fai a venire? Preparerò una torta che non ha niente a che vedere con il Natale, promesso!
Un caro saluto,
la tua Paula

Anna sorrise. Aveva già messo in conto di far visita a Paula, sapendo che anche lei durante le feste sarebbe stata rapita dalla sua famiglia. Cominciò a digitare il testo della risposta, ma si fermò a riflettere: poteva fare una scappata a Halle andando a Berlino!

Senza esitare, scrisse a Paula che il 23 pomeriggio avrebbe fatto un salto da lei, prima di partire per Berlino.

Nel frattempo una nuova mail era arrivata.

Da: Conny Dressler
A: Anna Wagner

Oggetto: Re: Re: Vieni da noi?

Cara Anna,
è fantasticooo! Sono così felice che tu venga quest'anno! Papà diceva che avresti detto di no, io invece sapevo che saresti venuta! Ordina pure il libro a Babbo Natale, anche Matti ne ha già ricevuto uno, e vedessi che belle illustrazioni.
E per quanto riguarda la storia, scrivine una con dei robot! Io posso raccontarti cosa fanno. Al tuo *pro-fesso-re* piacerà, i robot piacciono a tutti! Tanti cari saluti dalla mamma, anche lei è felice che tu venga. Allora dimmi, quando arrivi? Così comincio a riordinare la mia stanza.
Un bacione
dal tuo Jonathan

Ovvio che Gerd dubitasse di lei. Anna si stava già alterando, quando scoppiò a ridere leggendo la parola *pro-fesso-re*. I trattini, ovviamente, erano voluti, Jonathan infatti si divertiva un sacco a scandirla così. All'inizio faceva quelle pause solo per riuscire a pronunciare meglio la parola, poi ci aveva preso gusto, rendendosi conto di sottolineare così il termine *fesso*. Pronunciare a bassa voce *pro* e *re*, e strillare invece il *fesso* lo faceva ogni volta piegare in due dalle risate.

A essere sincera, anche Anna lo trovava molto divertente, e quel pensiero la tirava su di morale quando Winkelstein interveniva qua e là correggendole un periodo secondo lui mal costruito.

Che Jonathan volesse riordinare la sua stanza non era niente di insolito, lo faceva sempre in occasione di una festa. Quando aveva la sua età, anche la stanza di Anna era impeccabile ogni volta che veniva qualcuno a trovarla.

Tuttavia non riusciva a liberarsi dalla sensazione che la mamma fosse lì seduta accanto a Jonathan e leggesse con lui. E che ci fosse proprio lei dietro a quella corrispondenza. Forse Anna avrebbe dovuto creargli un account personale? Uno a cui soltanto Jonathan potesse accedere? Era ancora un po' troppo piccolo, ma presto avrebbe compiuto dieci anni, e i bambini di quell'età avevano ormai quasi tutti un proprio indirizzo mail.

Da: Anna Wagner
A: Conny Dressler

Oggetto: Re: Re: Re: Vieni da noi?

Caro Jonathan,
scriverò sicuramente una storia di robot, anzi, possiamo farlo insieme a Natale, che ne dici? E stavo anche pensando che potremmo costruire un castello di cartone. Con i robot e tutto il resto. Non sto più nella pelle!
Sarò da voi la sera del 23 dicembre, più o meno verso le otto, se il treno sarà puntuale.
Ma ora fila a letto, mancano solo cinque notti, e poi arriverà Babbo Natale.
Un bacino dalla tua Anna

Dopo aver letto anche la breve risposta di Paula, arrivata nel frattempo, Anna spense il computer e si infilò sotto le coperte. Non riusciva ancora a credere che quest'anno anche lei sarebbe rimasta vittima dello stress natalizio! Ma dare a Gerd la soddisfazione di non andare da loro, questo proprio no. Avrebbe festeggiato con Jonathan, in un modo o nell'altro, e magari sarebbe andata persino meglio degli anni che preferiva non ricordare.

3

La promessa di passare il Natale in famiglia a Berlino poneva Anna di fronte a un grosso problema: doveva comprare i regali! Shopping *last-minute* invece dell'agognata vacanza *last-minute*. Finora aveva sempre spedito ai suoi dei modesti buoni regalo, ma stavolta era sicura che non sarebbero bastati: avrebbe dovuto assistere alle loro reazioni in diretta. Di Gerd non le importava un bel niente, della mamma un po' di più, ma Jonathan le stava davvero a cuore.

L'indomani, indossati gli stivali, il cappotto e la sciarpa, si incamminò verso il tram. Ma davvero gli acquisti natalizi sarebbero stati così terribili?

Mentre il mezzo di trasporto procedeva a rilento verso il centro di Lipsia, Anna ricordò quando, da piccola, si divertiva a fare le compere di Natale con la mamma. Sua madre aveva sempre fatto finta di non accorgersi che Anna le comprava di nascosto una saponetta o un foulard con la sua paghetta.

All'epoca c'era ancora Thomas, il suo vero papà, che ancora non le aveva piantate in asso. Anna ne aveva sempre sofferto, e con l'arrivo del patrigno le cose in un certo senso erano pure peggiorate. Con la nascita di Jonathan, all'improvviso tutto aveva iniziato a ruotare attorno a lui. Solo quando c'era motivo di criticarla, la mamma e Gerd si ricordavano che esisteva anche lei.

Anna mise da parte questi pensieri non appena il tram si fermò, riversando in strada una folla impazzita di gente assetata di acquisti.

E ovviamente eccola di nuovo lì, la musica natalizia, ad attirarla verso il mercatino. Anna affrettò subito il passo verso il centro commerciale, e arrivata davanti si fermò a osservare l'edificio interamente addobbato di luci e altre decorazioni. Un mostro cannibale non le sarebbe sembrato altrettanto minaccioso. E in effetti, tutte quelle luci non disegnavano forse una faccia spaventosa con le finestre al posto degli occhi e i denti aguzzi al posto delle porte?

«E non stia nel mezzo!» le abbaiò dietro un pensionato a cui lei, lì impalata, ostruiva il passaggio.

Ah, allora era quella la pacifica atmosfera natalizia! Nemmeno un pensionato aveva tempo per muoversi con un po' di tranquillità!

Anna fece un respiro profondo, poi si infilò coraggiosamente nella porta girevole e dopo qualche breve istante di apnea, venne subito risucchiata dal forte miscuglio di odori del reparto profumeria, che si estendeva fino alle borse e agli articoli di cancelleria.

Essendo a corto di idee, ben presto lo shopping le causò quello che Anna aveva temuto: nervi a fior di pelle. Dappertutto c'era gente con l'espressione tesa che correva di qua e di là, litigandosi la merce esposta e mettendo nel carrello della spesa la prima cosa che capitava e che nessuno di loro avrebbe mai voluto per regalo. Oh, santo Natale!

Ansiosa e svogliata, Anna girellava tra gli scaffali in cerca di qualcosa, mentre le risuonavano nelle orecchie le parole della signora Hallmann: gingilli, disegni, maglioni…

Quando notò una famiglia che si stava facendo impacchettare un orologio a cucù incredibilmente brutto, si chiese se chi l'avesse ricevuto avrebbe fatto buon viso a cattiva sorte come la signora Hallmann.

Tutta quella gente pensava di conoscere a fondo i propri familiari, con cui si incontrava regolarmente per il barbecue e per le varie festività, eppure sembrava totalmente all'oscuro dei gusti dei propri cari. Oppure il problema era solo di Anna che non riusciva a capacitarsi di come qualcuno potesse realmente desiderare una ridicola statuina di porcellana o un miserabile orologio a cucù?

Anche se negli ultimi due anni i contatti con la mamma si erano diradati, Anna era sicurissima che lei non avrebbe gradito niente del genere.

Entrando nel reparto profumeria, si ricordò della saponetta che una volta le aveva regalato. Qual era il suo profumo preferito? Rosa? Lavanda? Un po' imbarazzata, si rese conto di non ricordare più i gusti della mamma. Per il suo compleanno le aveva regalato dei fiori, e ora non avrebbe saputo dire quale fosse il suo profumo preferito. Niente da fare, anche quella soluzione non andava bene!

Per fortuna riuscì a dileguarsi dal reparto prima che una delle commesse notasse il suo smarrimento e si precipitasse a darle consigli non richiesti. Nelle loro divise verde menta erano tutte impegnate a impacchettare dei profumi che uomini un tantino snervati porgevano loro dopo aver dato una sbirciatina all'interno della confezione.

La libreria accanto al centro commerciale offrì ad Anna un ventaglio di scelte molto più ampio. Al primo tentativo trovò il libro di fiabe per Jonathan e poi decise di prendere un giallo per la mamma e un libro sul fai-da-te per Gerd. Che lui lo apprezzasse o meno non le interessava, quanto a sua madre, nella peggiore delle ipotesi avrebbe reagito come la signora Hallmann. Se il libro non le fosse piaciuto, sicuramente non avrebbe detto niente. Anna però non avrebbe voluto alcuna finzione: desiderava che il suo regalo piacesse sul serio alla mamma.

Si concesse quindi tutto il tempo necessario per scegliere, prendendo in mano i libri, studiandone le copertine e sfogliandoli. Ignorò di proposito chiunque allungasse le mani davanti a lei per afferrare i volumi dagli scaffali, chi sbuffava impaziente o chi le dava spintoni per affrettarsi alla cassa.

Abbastanza soddisfatta della sua scelta, si mise in fila. Le commesse cercavano di velocizzare le operazioni alla cassa, non senza raccogliere ugualmente lamentele o commenti burberi. *Ma perché la gente è così?* si domandava Anna. L'Avvento doveva essere il tempo della pace interiore.

La risposta era semplice. *Probabilmente odiano il Natale quanto me*, pensò. *Ma siccome non hanno il coraggio di ammetterlo, sfogano la loro rabbia sui malcapitati di turno nella speranza che questi giorni di festa passino in fretta.*

Appena pagati i libri, rinunciando convinta alla confezione regalo, Anna riuscì alla fine a svignarsela da quel caos snervante.

Al negozio dietro l'angolo, nei pressi dello studentato, comprò i cioccolatini al cognac per la signora Hallmann e così poté ritirarsi finalmente nel suo appartamento.

Entrata in casa, Anna si preparò del caffè e si diede da fare con la carta da regalo.

Quando ebbe finito, dovette ammettere di essere totalmente negata a confezionare pacchi dono. C'era chi con carta e nastro riusciva a far miracoli, mentre il risultato dei suoi sforzi le sembrò a malapena passabile. Sin dall'infanzia e dalla prima adolescenza non aveva fatto grossi passi in avanti in quel campo.

Ma in fondo a che sarebbe servito? Gerd avrebbe commentato che poteva inventarsi qualcosa di meglio, e la mamma avrebbe concordato. Solo a Jonathan non sarebbe importato un bel niente della confezione regalo. *Per fortuna non pensa ancora come un grande. A lui il libro piacerà.*

Non appena i tre pacchetti furono pronti, Anna si distese sul letto con lo sguardo fisso al soffitto. Qualche dubbio cominciò a insinuarsi nella sua mente. *Avrei dovuto rifiutare*, pensò. Avvertì un fastidio allo stomaco, un improvviso stato di malessere forse dovuto alla decisione affrettata, presa sull'onda del sentimento. Ma non voleva deludere Jonathan. Non poteva fargli questo.

4

Osservando il trolley, Anna sospirò. Si vedeva che di viaggi ne aveva fatti in quantità. Nonostante l'aspetto malconcio, però non aveva assolutamente intenzione di cambiarlo; ogni graffio e ogni ammaccatura erano infatti il ricordo di qualche viaggio. La rotella destra era stata danneggiata da un nastro trasportatore all'aeroporto di Lipsia. La cerniera rotta in vacanza a Tenerife due anni prima era stata aggiustata con del nastro adesivo colorato. A Adalia la valigia le si era scucita su un lato, inconveniente a cui aveva prontamente rimediato con qualche punto grossolano.

Prima o poi avrebbe dovuto comprarsi un trolley nuovo, eppure Anna rimandava ogni volta, angosciata dalla brutta sensazione di tradire un amico che, a quel punto, sarebbe finito nella spazzatura.

Quando vide avvicinarsi il tram, fece un respiro profondo e, afferrata la valigia, vi salì non appena le porte scorrevoli si aprirono con un cigolio.

Come al solito il tram era pieno zeppo. Anna faceva fatica a rammentarsi l'ultima volta che non l'aveva trovato così stipato. Tutta gente con lo sguardo perso nel vuoto che si trascinava dietro borse stracariche di acquisti natalizi. Si mise accanto alla porta guardando di sottecchi i volti tirati di chi aveva intorno.

Soltanto una bambina, per mano a una donna con un'espressione piuttosto arcigna, le sorrideva. Per una frazione di secondo Anna rivide in lei se stessa da piccola. Allora sì che il Natale era una vera festa. Ma sua madre aveva mai avuto lo sguardo torvo di quella donna? Chissà, magari Anna non l'aveva notato perché troppo impegnata a sognare i playmobil o il saloon dei cowboy che sperava di ricevere in dono.

L'annuncio della fermata successiva la ridestò dai suoi pensieri. Le porte si aprirono e si trovò di nuovo catapultata nella frenesia del Natale. Per le strade risuonavano ancora le solite melodie e nell'aria si diffondeva l'odore di würstel, ma quel giorno Anna si sentiva più tollerante perché già pregustava la visita all'amica Paula prima di andare a Berlino.

Entrando in casa della signora Hallmann, Anna sentì un persistente aroma di cannella. Segno evidente che era stata accesa una candela profumata. O forse erano i dolci glassati? Ormai il Natale aveva fatto il suo ingresso anche lì, e presto quella casa sarebbe diventata irriconoscibile.

«Bambina mia, sei arrivata!» esclamò felicissima la signora Hallmann non appena le aprì la porta. Ne aveva forse dubitato?

«Sì, glielo avevo promesso. E poi non volevo certo farle affrontare il viaggio in treno senza cioccolatini al cognac. In fin dei conti dovrà pur portarsi dietro qualcosa da mangiare.»

Anna tirò fuori dalla borsa a tracolla un pacchetto chiaramente confezionato da lei.

«Mille grazie, almeno durante il viaggio non morirò di fame.»

L'anziana donna l'abbracciò e poi si fece da parte per farla entrare.

Per poco Anna non inciampò in quattro grosse valigie che occupavano tutto il corridoio, lasciando libero solo uno stretto passaggio.

«Santo cielo, signora Hallmann, non penserà di portare da sola tutte queste valigie?» chiese allibita, passandoci nel mezzo.

La signora Hallman, che aveva già a portata di mano il suo vecchio bastone con il manico d'argento, scoppiò a ridere. «M'infilerò il mio costume da supereroe! E se non dovesse funzionare, chiederò aiuto a qualcuno. Chi non aiuterebbe volentieri una povera vecchietta carica di bagagli?»

Anna l'avrebbe fatto senz'altro, ma quanti avrebbero fatto la stessa cosa? Ripensando alle scene di prepotenza e maleducazione al centro commerciale, ne dubitò fortemente.

«No, no, ho prenotato un taxi e ho chiesto all'autista di caricarmi tutti i bagagli su un carrello appena arrivati alla stazione. Ma non voglio trattenerti ancora a lungo, immagino sarai in partenza per uno dei tuoi soliti viaggi. Dove andrai di bello stavolta? Al sole del sud?»

Anna scosse la testa. «No, a Berlino.»

«Non mi dire che andrai dai tuoi!» La signora Hallmann si finse inorridita. «Lo sai, vero, che lì festeggiano il Natale?»

Anna fece un gran sorriso. «Lo so, signora Hallmann. Ci vado per mio fratello.»

«Non sarà successo qualcosa al piccolo!»

«No, non si preoccupi, Jonathan sta bene. Desidera soltanto festeggiare il Natale tutti insieme quest'anno. Ci vado solo per questo, e di certo non faccio i salti di gioia.»

La signora Hallmann la scrutò un tantino scettica, poi annuì. «Va be' dài, se le cose dovessero mettersi male, puoi sempre consolarti con il mio regalo. Aspetta che vado a prenderlo.»

«Perché non mi dice dov'è e resta seduta un altro po'?» propose Anna, preoccupata per il viaggio che avrebbe spossato l'anziana signora.

«Che razza di regalo sarebbe, se ti dicessi: prendilo, è là sotto?

No, niente da fare, lo prendo io.» E, bastone in mano, sparì nel soggiorno.

La ricerca del regalo durò più a lungo del previsto, al punto che Anna, preoccupata, stava per chiedere se fosse tutto a posto. Fu allora che la signora Hallmann ricomparve sulla soglia.

«Ecco qua, questo è per te» le disse, porgendole un pacchetto graziosamente incartato, dalla cui confezione s'intuiva facilmente il contenuto. Un libro. Un libro molto pesante.

Quando un volume era pesante, in genere era anche costoso, e Anna si vergognò terribilmente per aver regalato alla donna soltanto una misera scatola di cioccolatini. Avrebbe almeno potuto comprarle una bella sciarpa o un paio di orecchini. Magari con perle, che la signora amava molto.

«Ma non doveva comprarmi niente» disse Anna, esitando ad accettare il pacchetto.

«I regali a volte non si comprano» replicò l'altra porgendole il dono con fare incoraggiante. «Vieni in cucina, ti ho preparato anche il tè e la torta.»

«Ma non doveva partire subito?»

«Il taxi passa a prendermi alle nove e mezza, e ora sono solo le nove meno dieci» rispose, dopo aver dato uno sguardo all'orologio dall'elegante laccio dorato che indossava solo in occasioni speciali. «Credo ci sia ancora il tempo per una chiacchierata, e poi mi dispiacerebbe buttare via la torta. Su, vieni. Non ci rivedremo che ad anno nuovo.»

Anna seguì la signora Hallmann, sedendosi al tavolo della cucina apparecchiato solo per lei. Il tè mandava un buon odore e la torta aveva un profumo delizioso.

«E adesso apri il tuo regalo» la invitò, ancor più impaziente di Anna. «Sono curiosa di sapere che ne pensi.»

Anna continuava a sentirsi un po' in colpa, ma non volendo

contraddire la sua ospite, prese in mano il pacchetto. Scartandolo, increspò le labbra. Non era un libro qualsiasi, bensì un libro di fiabe antichissimo. Di sicuro lo stesso libro di fiabe che Anna aveva ammirato sin dalla sua prima visita in quella casa. Era del 1895 e il testo era corredato da stupende illustrazioni. Spiccava nello scaffale in mezzo a tutti gli altri libri.

«Non può regalarmelo!» esclamò Anna scioccata. «È il suo libro di fiabe. Quello che le leggeva sua madre! È... troppo prezioso!»

La signora Hallmann sorrise, negando con un cenno della mano.

«Macché prezioso... magari sei proprio tu l'unica in grado di renderlo tale. I miei figli e i miei nipoti non hanno mai avuto passione per i libri. Quando erano piccoli leggevo loro delle storie, ma crescendo sono stati sopraffatti da altri interessi e distrazioni. I libri sono la tua vita, tu studi, li accatasti sotto il letto quando non trovi più posto nella libreria. Vedrai che con un po' di fortuna i tuoi scritti un giorno saranno pubblicati. Quando avrai anche tu figli e nipoti, potrai mostrarglielo e raccontare loro di me. Sarebbe bello, non ti pare?»

Ad Anna si riempirono gli occhi di lacrime. Sì, sarebbe stato davvero bello avere quel libro. Ma il solo pensiero di mostrarlo a figli e nipoti, quando la signora Hallmann fosse già venuta a mancare da un pezzo, le diede i brividi.

«Su, su, non vorrai mica piangere adesso?» le disse la donna porgendole un fazzoletto. «Nemmeno questo vecchio libro è immune al passare del tempo. Guarda qua, macchie di muffa e pagine rosicchiate dai topi» spiegò, indicando un punto sul dorso che appariva in effetti un po' lacerato, ma probabilmente non da un topo famelico.

«È stupendo» ribatté Anna asciugandosi le guance rigate di

lacrime. «Ma lei sta bene, vero? Voglio dire, non è che me lo regala perché...»

«E perché mai dovrei star male?» chiese la signora Hallmann un po' meravigliata. «Non ti preoccupare. Non è un regalo d'addio. Do per scontato di entrare nell'anno nuovo, anche se con tutti i dolci delle feste potrei beccarmi una bella gastrite; ma non sarà quella a darmi il colpo di grazia! Ne ho passate di peggio.»

Anna adesso aveva ripreso a sorridere mentre piegava la carta del pacco. «Grazie infinite, questo è il più bel regalo che abbia mai ricevuto.»

«Allora aspetta di essere a casa. Sono certa che anche i tuoi genitori e tuo fratello avranno un regalo per te, e magari sarà molto più apprezzato di questo vecchio libro.»

Anna scosse la testa. «Non credo proprio. E a dire il vero non so neanche come farò a sopportare questi giorni di festa. Con Jonathan mi divertirò come sempre, quanto al resto...»

«Non dire così. A volte il Natale fa miracoli, ed è allora che accade ciò in cui si crede davvero. Cerca semplicemente di aprirti al Natale e alla tua famiglia, e vedrai che andrà tutto bene. E se i tuoi genitori non dovessero essere gentili con te, sii tu gentile con loro, dimostra loro come si fa. E se ancora non dovesse bastare, hai sempre tuo fratello. L'affetto di un bambino è il dono più prezioso che si possa ricevere. Se non fosse così, non mi trascinerei dietro tutte queste valigie. La maggior parte dei regali lì dentro sono per i miei nipotini. Gli adulti possono anche fingere di essere felici, ma la gioia dei bambini è spontanea, e quando non lo è, ci accorgiamo di aver sbagliato qualcosa. Credo farebbe bene a ognuno di noi riscoprire di tanto in tanto il bambino che abbiamo dentro.»

Prima ancora che Anna potesse replicare, si sentì il clacson del taxi giù in strada.

«Ah, è arrivato. È meglio che scenda, o il treno partirà senza di me.»

Anna si affrettò a sparecchiare il tavolo e cominciò a portar giù le valigie della signora Hallmann. A metà strada le venne incontro il tassista, che lei salutò con un gran sorriso.

«Sua nonna mi stava aspettando, vero?»

Stupita, Anna alzò le sopracciglia. Poi notò la targhetta attaccata alla valigia, su cui era stampato piuttosto grande il nome Hallmann.

«Non sono la nipote della signora Hallmann» lo corresse, aggiungendo poi: «Comunque sì, la stava aspettando. Di sopra ci sono ancora tre grosse valigie da portare giù».

«Lo so!» ribatté il tassista ridendo. «È così tutti gli anni, e se la signora non partisse mi mancherebbe qualcosa!» e corse su per gli scalini.

Anna capì che era gentile non per via del Natale ma perché gli piaceva l'anziana signora.

Dieci minuti dopo erano tutti e tre al piano terra, davanti al palazzo.

«Allora non ci resta che salutarci e augurarci giorni di festa sereni» disse la signora Hallmann, mentre il tassista caricava l'ultima valigia sul sedile posteriore.

Anna assentì con un sospiro, poi abbracciò la donna. «Non si affatichi troppo e stia allegra. E torni presto a casa, mi raccomando.»

«E tu cerca di divertirti almeno un po'! Il mondo è pieno di bei ragazzi che sarebbero felici di stare con te, bambina mia.»

«Ne abbiamo già parlato» replicò Anna ridendo. «Prima voglio laurearmi, poi ci penserò.»

«Ma non aspettare troppo. Gli uomini in gamba vanno via come il pane, e spesso ad agguantarli senza lasciarli più sono proprio quelle che non se li meritano. Se ti si presenta l'occasione, non essere sciocca. Un uomo potrà distrarti dallo studio, d'accordo, ma l'amore può anche metterti le ali, quando è sincero e profondo. Non dovresti assolutamente privarti di una simile riserva di energia. E se la cosa non dovesse funzionare, puoi sempre tirarne fuori un bel romanzo.»

Sorridendo, Anna aiutò la signora Hallmann a salire sul taxi. Mentre salutava dal marciapiede, sentì sul viso i primi fiocchi di neve.

Incantata, alzò gli occhi al cielo plumbeo. La neve cadeva leggera, i minuscoli cristalli di ghiaccio le sfioravano la pelle dissolvendosi immediatamente.

Ma la magia del silenzio venne bruscamente interrotta dal canto di una voce sgraziata. Il mercatino di Natale era stato ufficialmente inaugurato! L'odore di vin brulé inondava già le strade, e Anna fu contenta di raggiungere in tempo il tram che l'avrebbe portata alla stazione.

5

Neppure dentro la stazione Anna riuscì a liberarsi dell'opprimente atmosfera natalizia. Enormi cartelloni pubblicitari invitavano in modo subdolo a non presentarsi da parenti e amici senza un regalino – un profumo, un capo intimo...

Qui almeno non c'erano né odori, né musica, solo il gracchiare degli annunci sui treni in partenza e in arrivo, e le solite raccomandazioni ai passeggeri.

Anna aveva accolto con entusiasmo l'invito della sua amica Paula. Sperava che sorseggiare tè e chiacchierare comodamente sedute in soggiorno le avrebbe ricaricato le batterie a sufficienza per sopportare i successivi giorni di festa in famiglia.

Sul binario si ritrovò a osservare con attenzione ragazzi che, come lei, erano lì in attesa del treno. Scuotendo la testa, tornò a guardare davanti a sé. A parte qualche considerazione superficiale sui giovani passeggeri, confermò a se stessa che una relazione in quel momento della sua vita sarebbe stata inopportuna. Non voleva comportarsi come alcune sue compagne di università, che poco prima di Natale si procuravano una relazione *last-minute* per non dover passare le feste da sole. Aveva già visto fin troppe volte come finivano quei flirt. Dopo Natale, ognuno per la sua strada, perfetti estranei sino alla fine del semestre.

Quando il treno si avvicinò con uno stridio fastidioso, Anna chiuse gli occhi per godersi il flusso d'aria. Poi le porte si aprirono con un cigolio e lei salì con un balzo.

Esattamente trentasei minuti dopo il treno entrava nella stazione di Halle.

Come le aveva raccontato l'amica, anche quella città era nel pieno dei preparativi per il Natale. Ma Paula abitava in un palazzo di periferia lontano dal centro, meta dei turisti in visita alla torre rossa, al monumento a Händel e alla chiesa del mercato. Proprio davanti alla chiesa, in quel periodo si teneva un famoso mercatino di Natale.

Affaticata per il tragitto, Anna suonò il campanello dell'amica.

«Anna! Che bello vederti!» Paula le gettò le braccia al collo con un gran sorriso e la strinse a sé. I suoi riccioli neri profumavano di shampoo alla mela, cosa che ricordò ad Anna la loro prima volta in discoteca a tredici anni.

Da allora le due ragazze erano diventate inseparabili. E se c'era una cosa che rendeva la sua amica inconfondibile era proprio l'odore di mela. Non usciva mai di casa senza portarsi dietro uno di quei frutti. I capelli odoravano di mela, e anche il profumo che usava era alla mela.

E naturalmente in casa sua non mancava mai la torta di mele.

«Ciao Paula, grazie di avermi invitata!»

«Ma figurati» disse lei, sporgendosi dalla porta. «Sono felice di rivederti prima che quei mostri dei nostri familiari ci rinchiudano in casa rimpinzandoci fin quando saremo pronti, come Hänsel e Gretel, per essere infornati.»

Uno scenario grottesco quello dipinto dall'amica... Anna non sapeva se ridere o piangere.

Ma ora si trovava a casa di Paula, in quel soggiorno che evidenziava le sue radici africane. C'erano colori dappertutto: i mobili e le pareti avevano i toni caldi del sabbia e del rosso, e appesi, al posto dei quadri, c'erano dei meravigliosi batik. La camera di Anna allo studentato appariva, al confronto, più... funzionale.

«Guarda questa, non è stupenda?» fece notare Paula indicando la scultura marrone scuro di un gatto selvatico decorata con motivi esotici.

«È fantastica, dove l'hai presa?»

«Me l'ha spedita mio nonno dal Ghana. Pensa, quest'anno festeggerà il Natale con noi! La mamma va a prenderlo oggi all'aeroporto, non sto più nella pelle.»

Nonostante le parole di Paula la rattristassero un po', Anna si sforzò di sorridere, ma non riuscì a liberarsi dai suoi pensieri. I suoi nonni erano morti e gli unici parenti che le restavano, a parte un paio di zii e zie, erano la madre e il patrigno. Era sempre stato triste per lei non avere dei nonni da cui rifugiarsi e con cui potersi confidare. Ma non voleva in alcun modo rovinare la gioia che Paula provava in quel momento.

«E così hai davvero deciso di avventurarti nella tana del leone?» ironizzò Paula, trascinando Anna sul divano verde mela, che ci si aspettava profumasse, appunto, di mela. «Dài, c'è comunque Jonathan che ti ricoprirà con le sue costruzioni, così nessuno potrà trovarti. Oppure puoi sempre andartene tutto il giorno in slitta con lui. Ci saranno sicuramente anche a Berlino delle piste da slittino, no?»

«Ovvio, e nel caso lui non ne avesse voglia, trovo che il tuo piano con le costruzioni sia geniale. La cosa importante è che stiamo insieme.»

Paula le prese la mano. «Vedrai che andrà tutto bene! E magari sarà persino meglio di quel che ti aspetti.»

Anna sospirò. «Parli bene tu, la tua famiglia è sempre carina con te, non ti rende la vita un inferno quando vai a trovarla.»

«Vorrei tanto che andaste d'accordo anche voi.»

«Non mi interessa andare d'accordo con Gerd. L'hai conosciuto, no? Gli piace parlare, senza mai cedere la parola agli altri, adora avere tutto sotto controllo ed è semplicemente asfissiante!» sbottò Anna. Poi cercò di ritrovare la calma.

«Sì, lo so, è un vero cafone. Ma non credo lo faccia apposta. E tutti i familiari, in un modo o nell'altro, dopo un po'… So già che mio nonno resterà deluso quando vedrà che non ci sono almeno tre bambini aggrappati alle mie gonne. A quel punto cercherà di convincermi che è prioritario sposarsi e avere figli.»

«Conoscendo tua madre, so che tenterà senz'altro di dissuadere suo padre.»

Paula scoppiò a ridere di gusto. «Lo farà eccome, e non mancherà di fargli presente che qui le cose vanno diversamente e che sua nipote è troppo intelligente per appassire in cucina. Del resto lei ha avuto solo due figli e ha fatto una brillante carriera; per cui avrà ben pochi argomenti per controbattere.»

«Io, invece, ho la sensazione che mia madre, da un po' di tempo, pensi con la testa di Gerd. Nonostante sia stata proprio lei a incoraggiarmi a scrivere e a studiare Lettere, ora è tutto cambiato. Ti ricordi della mia visita disastrosa a Berlino l'estate scorsa?»

«Oh sì, avete litigato perché lei ha iniziato a farneticare come Gerd, dicendo che avresti dovuto scegliere un altro corso di laurea per trovare in futuro un lavoro più remunerativo.»

Anna confermò con espressione angosciata.

«Le hai mai detto quanto questo ti abbia ferita?» chiese Paula. «Le hai mai spiegato quanto siano importanti per te i tuoi studi? Nonostante le critiche di quel professore ottuso che evidentemente non capisce proprio nulla?»

Anna abbassò la testa. Ovviamente non aveva detto niente di tutto questo alla mamma. Si era limitata a fare le valigie e tornarsene a Lipsia. Che non era affatto una novità per lei, quando il gioco si faceva duro. Fuggire era sempre più semplice che affrontare lo scontro diretto.

«Non puoi dartela a gambe ogni volta che le cose si mettono male» commentò Paula a bassa voce. «Chi vuole affetto, deve cercare affetto, e chi vuol far sapere agli altri cosa desidera, deve dirlo. Quel Gerd ha un incredibile vantaggio: vive con tua madre. È logico che lei sposi le sue idee, se tu non fai niente. Voltare le spalle e andarsene dimostra che tu non vuoi avere un rapporto con lei, e così, a poco a poco, crederà di averti persa. Allora cercherà un altro punto di riferimento, ed è lì che troverà Gerd, pronto a confonderla con i suoi pregiudizi e a portarla dalla sua parte. Se non ti decidi a fare qualcosa, la situazione potrà solo peggiorare.»

Anna socchiuse le labbra. Avrebbe voluto dire a Paula che aveva torto marcio. Ma la verità è che aveva ragione. In effetti non avrebbe dovuto scappar via in quel modo. Che fare allora? Lottare all'ultimo sangue? Non era mai stato il suo stile.

«So che è difficile per te, ma se anche stavolta dovessero provare a convincerti a scegliere un altro corso di studi, di' loro che sei adulta e che non lo farai. Ricorda a tua madre che è stata lei a indirizzarti su questa strada. E cerca soprattutto di mantenere la calma e di non urlare come una pazza scatenata. Quel comportamento è recepito da Gerd come una minaccia e risveglia in lui il ruolo ancestrale di protettore del focolare domestico, di colui che deve difendere la famiglia. E poi, se dovesse scoppiare un violento litigio, anche Jonathan rimarrebbe coinvolto, e non sarebbe un bello spettacolo per lui che vuole bene a te, ma anche a tua mamma e a Gerd. Scatenerebbe in lui dei conflitti che a quell'età non è ancora in grado di gestire.»

A questo punto Anna avrebbe voluto chiedere a Paula se

quel bel discorso fosse frutto dell'ultima lezione di psicologia, ma tacque.

Tornò a tormentarla l'idea che forse non avrebbe dovuto accettare l'invito dei suoi. *Andrà tutto storto, e allora sì che non avrò più nessuna voglia di festeggiare il Natale. L'anno prossimo partirò in ogni caso, succeda quel che succeda...*

All'improvviso Paula si alzò per andare a prendere qualcosa da un cassetto. Anna trasalì quando vide la carta colorata. Un regalo di Natale? Ma loro non si erano mai fatte dei regali...

Con enorme sollievo, Anna si accorse che il pacchetto era già stato aperto in precedenza.

«Guarda, questo me lo ha regalato Karsten. Magari così pensi ad altro.»

Anna alzò le sopracciglia, sorpresa. Karsten era un compagno di università con cui Paula stava insieme da un anno circa. Ma perché un suo regalo avrebbe dovuto distrarla?

Quando Paula aprì la scatolina, un anello luccicò all'interno. Anna sapeva bene quale significato avesse e, terrorizzata all'idea, rimase senza parole.

«Ehm... questo... questo...»

«È un anello di fidanzamento, sì» concluse la frase Paula, mentre Anna, visibilmente agitata, gesticolava ancora con la scatolina in mano. Avvertì una leggera fitta al petto. Paula non le aveva raccontato della proposta di matrimonio di Karsten. «Non lo metti al dito?» le chiese, poiché non era difficile intuire che Paula gli avesse detto di sì e che avrebbe portato l'anello con orgoglio. Perché allora il gioiello era ancora dentro la sua scatolina? E perché Paula non l'aveva chiamata subito per raccontarle ogni particolare? In fin dei conti, era una cosa importante.

L'amica scosse la testa. «No, non ancora. Metterlo significherebbe aver accettato la sua proposta.»

«E non intendi accettare?»

«A dire il vero, non lo so.»

«Però l'anello puoi provarlo.»

«Sono molto superstiziosa. Preferisco non portarlo affatto, piuttosto che metterlo troppo presto.»

«Credi davvero che saresti costretta a sposare Karsten, se ti provassi l'anello? Di certo non avrà dentro un sensore che possa avvertirlo.»

«No, ma io mi sentirei lo stesso sotto pressione. Capisci cosa intendo?»

Anna si mostrò d'accordo. Dopotutto non erano passate neanche due ore da quando aveva detto alla signora Hallmann che per prima cosa avrebbe voluto terminare gli studi, poi avrebbe pensato a una relazione. Ma Paula e Karsten stavano insieme da un anno ormai. Anche se Anna non sapeva a che punto fosse la loro storia, quell'anello era il segnale che facevano sul serio e che tra i due c'era un'intesa.

«E cosa pensi di fare adesso?» chiese Anna, che non si sentiva nella posizione di dare consigli in questo caso.

«Ho preso tempo fino a dopo Natale. Quindi, anche quest'anno Karsten resterà senza albero, ma una decisione tanto importante ha bisogno di una riflessione.»

«Cosa c'entra l'albero di Natale?» chiese Anna, stupita.

«Nella famiglia di Karsten c'è questa strana usanza: ora che è in età da matrimonio, potrà fare l'albero di Natale solo quando si sarà fidanzato.»

«Davvero singolare.» Anna scosse la testa, confusa.

«Già, il che vuol dire che non ha più avuto un albero di Natale dall'età di diciotto anni. Non chiedermi il perché, ma certe famiglie hanno tradizioni strane.»

«Credi davvero che i suoi genitori non facciano l'albero di

Natale solo perché non ha ancora portato in casa una ragazza?»

«Non ne ho idea, ancora non li ho conosciuti. Pensavo che entrambi volessimo un rapporto poco impegnativo, e invece ecco che spunta fuori l'anello.»

«E lui come ha reagito quando non gli hai detto subito di sì?»

«Ha capito che ho bisogno di tempo per rifletterci. Ma se penso all'usanza dell'albero di Natale...» Paula osservò di nuovo la scatolina. «I miei genitori sarebbero felicissimi se mi sposassi. Per non parlare di mio nonno. Ma non posso certo dire di sì solo per permettere a Karsten di avere il suo albero, no?»

«Assolutamente no!»

«Allora, durante le feste ci penserò. Karsten avrà la risposta a Capodanno.»

«Così il suo Natale sarà tormentato non per una, ma per due ragioni.»

Paula guardò l'anello che luccicava. Il suo volto non tradiva alcuna emozione. «Forse. O forse lo aspetta il più bel Capodanno che abbia mai avuto.»

«O il peggiore. Dipende da quello che decidi.»

«Certo. Vedremo.» Richiuse la scatolina. «A che ora parte il tuo treno? Ho fatto la torta di mele, magari ci schiarirà un po' le idee. E tu hai bisogno di mettere qualcosa sotto i denti prima di ripartire.»

6

Ritemprata dalla visita all'amica e col sapore di mele ancora in bocca, Anna si incamminò verso la stazione. La proposta di matrimonio di Karsten e la titubanza di Paula l'avevano resa pensierosa. Chissà se avrebbero passato bene le feste. Paula certamente sì, ma il povero Karsten?

Che lo aspettasse un triste Natale non era affar suo, rifletté Anna un po' di malumore. Ma forse la sua amica aveva ragione, neanche per lei sarebbe stato poi così orribile. E, in fin dei conti, erano solo tre giorni.

Arrivata in stazione si diresse subito al binario, mancavano dieci minuti alla partenza.

Non aveva ancora posato a terra la valigia che un annuncio le rimbombò nelle orecchie: «Attenzione! Si avvertono i gentili viaggiatori che l'Intercity 2355 per Binz, con fermata a Berlino centrale, subirà un ritardo di cinquanta minuti».

Con un gemito Anna rivolse lo sguardo all'orologio della stazione. Cinquanta minuti! Come avrebbe fatto a resistere?

Borbottando fra sé, prese il trolley e, come molti altri passeggeri, si avviò stancamente verso la sala d'aspetto, dove la temperatura non era più alta che all'esterno.

Aveva le mani congelate, e decise allora di prendere un caffè a un chiosco. Ovviamente neppure lì le avrebbero risparmiato l'atmosfera festosa. Infatti aveva notato che i venditori indossavano tutti cappellini natalizi rossi o spille con abeti addobbati. Ma per un caffè caldo valeva la pena fare un piccolo sacrificio.

Con la sua bevanda fumante, Anna si mise a sedere su una panchina. L'annuncio di un altro ritardo le rimbombò nuovamente nelle orecchie. Ma i passeggeri di quel treno dovevano aspettare solo venti minuti e, da quando si era allontanata dal binario, ne erano passati solo dieci.

Non valeva la pena tirare fuori il cellulare, anche Paula era già in viaggio a quell'ora e, a parte lei, non c'era nessun altro con cui avrebbe potuto ingannare l'attesa.

Davvero triste, pensò Anna. *Gli altri hanno tutti qualcuno con cui messaggiare. Amici, fidanzati, mariti...* Guardò un po' invidiosa la donna accanto a lei che, con lo sguardo fisso al telefono, stava digitando un SMS. Probabilmente era in viaggio per raggiungere il fidanzato e festeggiare con lui la vera festa dell'amore. E lei? Negli ultimi tre anni non era stata in grado di allacciare nessun tipo di rapporto con l'altro sesso. Se chiudeva gli occhi nel tentativo d'immaginare un probabile candidato, non vedeva nessuno.

Un fidanzato avrebbe in qualche modo attenuato la sua insofferenza per il Natale? Cercò di pensare a come sarebbe stato quel giorno in famiglia, con una novità del genere, ma non riuscì a prevedere nessun sentimento di gioia vera. All'idea di trascorrerlo in spiaggia con un bel ragazzo davanti al tramonto si sentì decisamente meglio.

Una coppia che le passò accanto quasi investendola con la valigia la distolse dalle fantasie sulle vacanze esotiche. La donna stava rimproverando il marito perché non si curava di lei, mentre lui bofonchiava qualcosa d'indecifrabile.

Questa era l'altra faccia della medaglia: rischiare di fare la scelta sbagliata o, comunque, accettare le conseguenze dello stare insieme da troppo tempo. Anna provò a immaginare cosa passasse per la testa di quell'uomo. Per quanto ancora avrebbe tollerato il brontolio della moglie? Perché non ribatteva? Per caso si stava chiedendo perché mai avesse sposato quella donna?

Probabilmente anche lui odiava il Natale. Magari in modo diverso; e comunque non tutti quelli che provavano una certa avversione per questa festa dovevano essere per forza anime gemelle.

Mentre la donna, continuando a sbraitare, guidava il marito verso il binario, Anna scorse un tipo decisamente più interessante. Capelli scuri, barba di tre giorni, indossava un cappotto grigio melangiato, una sciarpa nera e dei jeans.

Anna restò un attimo a guardarlo, assorta. Ci fosse stato uno così ai seminari che frequentava, allora sì che si sarebbe data da fare per conoscerlo.

Per essere uno studente era troppo grande, probabilmente sulla trentina. Magari era un docente?

All'improvviso sentì un ronzio nella tasca dei pantaloni. Troppo prolungato per essere un semplice messaggio: qualcuno la stava chiamando. Sulle prime Anna si spaventò, poi cercò di tirar fuori dalla tasca il cellulare, facendo delle acrobazie con il caffè nell'altra mano. Quando finalmente riuscì a prenderlo, aveva già smesso di suonare. Il numero della chiamata persa lampeggiava sul display. Ma forse era stato un bene non poter rispondere subito. Era il numero della mamma, probabilmente voleva sapere con precisione quando sarebbe arrivata.

Che fortuna!, pensò rimettendosi il cellulare in tasca. Non avevo certo voglia di sopportare una telefonata opprimente e penosa. Molto presto sua madre avrebbe avuto l'occasione per metterla sotto torchio. Comunque poteva giustificarsi dicendo che sul treno non c'era campo.

Un'altra donna si sedette accanto a lei. I vestiti che indossava lanciavano un messaggio inequivocabile: uomini, dove siete? Ma evidentemente anche lei aveva un fidanzato, perché appena seduta sulla panchina tirò fuori il cellulare: «Ciao tesoro, il mio treno ha un po' di ritardo. Che peccato... Ho già pensato a come farmi perdonare. No, non ti anticipo niente. A dopo. Ti amo».

Ad Anna non ci volle molta fantasia per indovinare come la donna si sarebbe fatta perdonare. Cercò con lo sguardo l'uomo dal cappotto grigio, ma era sparito. Un'altra occasione persa, le venne da pensare, poi vide sull'orologio della stazione che mancavano ancora dieci minuti all'arrivo del suo treno.

Si mosse verso il binario. Alcune delle persone che aveva visto prima sembravano non essersi mosse di lì, nonostante facesse più freddo che dentro la sala d'aspetto.

Passando davanti a loro, Anna si affrettò a raggiungere il settore C, dove si sarebbe fermata la sua carrozza, poi diede uno sguardo scettico al tabellone. A parte l'annuncio del ritardo di cinquanta minuti, non c'era scritto se il treno ne avesse accumulato ancora o se magari, viaggiando più veloce, avesse recuperato.

Finalmente arrivò l'annuncio tanto atteso: «Attenzione, è in arrivo al binario tre l'Intercity 2355 per Binz, con fermata a Berlino centrale».

Afferrò la maniglia del trolley e in trepida attesa stette a guardare lo snodarsi sinuoso delle carrozze trainate dentro la stazione da una locomotiva rossa.

7

Finalmente in treno! Non si poteva certo dire che l'Intercity fosse confortevole ed elegante; doveva aver percorso quella tratta migliaia di volte. Ma in quel momento le era del tutto indifferente. Anna non aveva alcuna fretta di arrivare a Berlino, e nello scompartimento c'era caldo e un sedile abbastanza morbido. E poi non doveva più sopportare la vista di donne innamorate che sorridevano compiaciute mandando messaggini sdolcinati ai loro fidanzati.

Prese posto vicino a una madre visibilmente stressata, che aveva per mano un bambino di circa cinque anni, con una gran brutta tosse. La mamma la guardò come per scusarsi; Anna, in realtà, non aveva intenzione di fissarlo, ma probabilmente l'aveva fatto. «Noi andiamo a Binz» spiegò con un leggero accento sassone. «Ha l'asma e spero che lì possa stare meglio.»

Questa improvvisa confidenza lasciò Anna senza parole. Poi, per gentilezza, cercò di intrattenere un minimo di conversazione: «Gli farà bene di certo!».

Mentre la donna toglieva al bambino la giacca pesante e tirava fuori le carte per una partita, un uomo corpulento si stravaccò sul sedile accanto ad Anna.

«È diretta anche lei a Wittenberg?» domandò lui, disinvolto. Anna rispose scuotendo la testa. Da quanto tempo non prendeva il treno? Tanto da non ricordarsi più che, specie nei viaggi lunghi, la gente aveva sempre voglia di scambiare quattro chiacchiere. Oppure erano tutti così affabili per via del Natale?

«No, scendo dopo» rispose. Tirò fuori il lettore mp3 e si infilò le cuffie nelle orecchie. Non aveva molta voglia di ascoltare musica, e non non le dispiaceva origliare i discorsi altrui, anche se una parte di lei desiderava essere altrove. Forse le cuffie, con il lettore spento, l'avrebbero messa al riparo da ulteriori approcci indesiderati...

La cosa sembrò funzionare con il suo vicino, che rivolse subito l'attenzione alla donna con il bambino. Al contrario di Anna, lui, ovviamente, voleva saperne di più della malattia del bambino, e la donna, visibilmente felice di potersi sfogare un po', gli diede corda. Anna era certa che quella donna, in un periodo lontano dal Natale, non avrebbe mai raccontato tante cose di sé e di suo figlio al primo venuto.

Quando il treno partì con uno scossone, molti erano ancora in piedi. Si guardavano intorno all'affannosa ricerca di un posto, mentre l'altoparlante diffondeva un annuncio, leggermente disturbato, che salutava i passeggeri appena saliti a bordo.

Anna si appoggiò allo schienale del sedile. Per un attimo pensò di tirar fuori il libro di fiabe della signora Hallmann, ma per farlo avrebbe dovuto alzarsi e prendere il trolley dal portabagagli. Quindi rimase seduta, guardando scorrere il paesaggio dal finestrino e cercando di ignorare i discorsi dei vicini.

Dopo un po' di tempo dalla partenza, si sentì esausta. *Avrei dovuto bere quel caffè*, pensò, mentre si raggomitolava nella giacca. Ma non importava: mancava ancora un po' a Berlino, e il brusio attorno a lei la invitava a farsi una bella dormita. Quindi chiuse gli occhi, sentì le voci attenuarsi fino a scomparire e si lasciò cullare dal rumore monotono del treno.

Poco dopo si ritrovò in mezzo a un paesaggio innevato. Era così perfetto che sembrava uscito da un libro. Alberi dalle cime spolverate di neve si ergevano su una piccola altura, staccionate di legno bordavano lungo una stradina dissestata. Sotto la coltre di neve spuntava qua e là una roccia o un filo d'erba secca. Ci mancava solo Babbo Natale a bordo della sua slitta... Ma ad Anna sembrò di essere completamente sola, con la neve e con il vento che accarezzava piano gli alberi, facendo cigolare leggermente il legno della staccionata.

Anna non aveva con sé il trolley ammaccato, ma una valigia d'altri tempi, forse di moda quando sua nonna era giovane. L'adesivo "Bahamas" sul bagaglio appariva un po' fuori luogo, ma che c'era di strano? Erano forse impossibili certi viaggi all'epoca? E poi il cappotto che indossava! Giallo canarino. Non capiva se le donava perché non poteva specchiarsi da nessuna parte, ma era di lana e si chiudeva con dei grossi alamari. Indossava una gonna e lunghi stivali. Davanti a lei partiva un viale alberato interamente ricoperto di neve. Non c'erano né case né persone in vista.

Perlomeno non sentiva freddo; la sola cosa a ricordarle che era inverno era la neve. Passando sotto un albero dal tronco nodoso, dei fiocchi di neve le atterrarono dolcemente sui lunghi capelli che le ricadevano sciolti sulle spalle.

Proseguendo si imbatté in una casetta. A prima vista sembrava proprio un'illustrazione tratta da un libro di fiabe. Anna si fermò a guardarla. Chi poteva abitarci?

Man mano che andava avanti, la luce del giorno diminuiva. Il cielo si era fatto plumbeo, la neve grigia. Non riusciva più a vedere la strada davanti a sé. Continuava però a scorgere un bagliore, come il riverbero di un faro che, inevitabilmente, l'attirò in quella direzione.

Raggiunse la casa che le apparve enorme, come se lei, strada facendo, si fosse rimpicciolita fino a tornare bambina. La maniglia della porta era incredibilmente alta. Si guardò addosso, ma tutto era come prima. Come aveva potuto sbagliarsi così tanto sulle dimensioni di quella casa?

Alla fine non le restò che bussare.

«Un attimo!» gridò qualcuno dall'interno; sentì poi il rimbombo dei passi. Il chiavistello fece uno scatto. Quando la porta si aprì, comparve sulla soglia un uomo anziano, con la barba bianca. Indossava pantaloni di velluto a coste e una camicia a quadri. Aveva un'espressione leggermente alterata, come in una di quelle orrende maschere da Babbo Natale con cui suo padre aveva cercato di farle credere che quel vecchio esistesse davvero.

«Ciao, ragazzina, che piacere vederti!»

Anna era sul punto di rispondere, quando a un tratto qualcuno la strattonò. Voltandosi, Anna scorse un'ombra. Poi inciampò all'indietro, atterrò col sedere sulla neve e...

8

«Signorina… Signorina!»

Qualcuno le scosse un braccio. Anna si svegliò di soprassalto e per un momento rimase disorientata. Solo dopo qualche attimo le tornò in mente di essere in treno. Con un respiro profondo si guardò attorno e fissò il volto del controllore, piuttosto attempato, che assomigliava un po' all'uomo del sogno. O stava ancora sognando?

Probabilmente il controllore voleva vedere il suo biglietto. Ma dov'era finito il tizio seduto accanto a lei?

«Un attimo che cerco il biglietto» disse all'uomo che se ne stava lì fermo mentre lei si frugava nella tasca della giacca.

Invece del biglietto, la prima cosa che tirò fuori fu il cellulare. Cinque chiamate perse, annunciava con aria di rimprovero il display lampeggiante. Ignorandolo, Anna trovò infine nell'altra tasca della giacca la busta un po' accartocciata con dentro il biglietto.

«Eccolo qui.»

Il controllore prima la guardò serio, poi gli spuntò un sorriso sulle labbra. Prese il biglietto, lo esaminò e glielo restituì.

«Guardi fuori» disse subito dopo.

«Prego?» Anna alzò le sopracciglia con aria meravigliata.

«Guardi fuori dal finestrino!»

Solo in quel momento Anna si rese conto che c'era qualcosa di strano. Il treno era silenzioso. Sparito il rumore ritmato, niente più chiacchiericcio di sottofondo. Non solo erano scomparsi l'uomo seduto accanto a lei e la mamma che giocava a carte con il figlio, ma anche tutti gli altri passeggeri.

Un altro sguardo fuori dal finestrino e lesse il cartello sul binario: STAZIONE BALNEARE DI BINZ. Binz! Aveva superato di qualche fermata la sua. E per di più era già buio. Che ore saranno state? Era talmente sfasata che non riuscì neppure a stabilire quanto tempo era passato dalla sua partenza da Halle.

«Oh merda!» le scappò detto in preda alla disperazione. Si portò la mano alla bocca, scuotendo la testa come per ripartire da zero, poi guardò in faccia il controllore.

«E ora?»

«Be', in effetti dovrei farle la multa per aver viaggiato da Berlino fin qui senza il biglietto» replicò leggermente divertito. «Quanto meno dovrebbe pagarmi la differenza.»

«Ma io...»

«Si è addormentata. Profondamente. Se proprio devo esser sincero, finora non mi era mai capitato di trovare qualcuno con un sonno così pesante. Avevamo accumulato un ulteriore ritardo e qui dentro c'è stata una mezza rivolta. Ma lei ha dormito come un sasso.»

«Davvero?» domandò Anna. «Davvero c'è stata una rivolta?»

«Abbiamo dovuto sostare per via dei binari ghiacciati. Anche se il riscaldamento sul treno funziona, la gente era piuttosto seccata e ha lanciato pezzi di pane al ragazzo che portava degli spuntini per confortare i passeggeri. Una scena davvero riprovevole.»

«Allora... mi sono persa.» Anna sorrise imbarazzata: avrebbe proprio voluto rimpicciolirsi per scomparire nella fessura tra i sedili. Com'era potuta capitarle una cosa del genere? «Ah... giusto, quanto le devo?» Anna era preoccupata. Quanto le sarebbe costato? Aveva già pagato un prezzo salato per il biglietto, e per quella cifra non avrebbe certo pensato di viaggiare su un regionale così scomodo...

«Lasci stare» disse il controllore con un sorriso non più divertito, ma affabile e compassionevole. «È già un disagio che lei debba passare la notte qui a Binz. Alla fine la bufera di neve si è fatta così violenta che abbiamo rischiato di non arrivare neppure in stazione.»

«Ha detto bufera di neve?» Anna si girò di scatto a guardare dal finestrino. In effetti aveva trascurato un piccolo dettaglio, cioè che là fuori stava nevicando, eccome!

«Sì, e che bufera! Non mi meraviglierei se stanotte chiudessero anche la diga di Rügen. Guardi come viene giù, mi dia retta, si trovi un posto al caldo.»

E come poteva fare? Dove poteva andare? Non conosceva Binz e non aveva la minima idea di dove trovare un alloggio.

Okay, c'erano un sacco di alberghi lì, ma anche non dovendo pagare la multa al controllore, i pochi soldi che aveva non le sarebbero bastati nemmeno per un B&B . E inoltre aveva detto alla sua famiglia che sarebbe arrivata quella sera stessa!

Guardò l'orologio della stazione. Le 22:35! In effetti avrebbe dovuto essere a Berlino già da un bel po'.

Va be', era solo in ritardo, non aveva niente di rotto. Ma il pretesto «non c'era campo» non era più plausibile e, peggio ancora, si trovava a più di duecento chilometri da Berlino!

«Sa per caso dove potrei andare, insomma... non ho molti soldi e...»

«Già, gli alberghi qui sono piuttosto cari, e i pochi che non lo sono saranno probabilmente al completo. C'è molta gente in giro per Natale, e poi ci sono anche i clienti degli stabilimenti termali.»

Nonostante il lieve accento berlinese il controllore sembrava essere del posto. «No, credo che non sia possibile cavarsela con meno di cento euro a notte. Ma potrebbe valerne la pena, visto che l'alternativa è restarsene fuori al freddo e al gelo. E poi sotto Natale ci sarà di certo qualcuno che la starà aspettando.»

Sì, il mio fratellino, pensò Anna.

«E questo treno? Dovrà pur ripartire prima o poi, no?»

«Ovviamente sì, ma finché la normale funzionalità dei binari non verrà ripristinata, non andrà da nessuna parte.»

Il che significava che non sarebbe potuta restare lì dentro. Maledetto treno! Perché cullava la gente fino a farla addormentare? In realtà la colpa era solo sua. Nell'arco di un'unica giornata aveva voluto farne troppe, finendo per trascurare il viaggio. Ma come poteva sapere che sarebbe arrivata una bufera di neve?

Indossata la giacca, annodò la sciarpa al collo e si infilò i guanti. Preso il trolley, ringraziò ancora una volta il controllore e scese dal vagone.

Fu subito avvolta dal freddo pungente. Tranne un uomo visibilmente infreddolito nella sua uniforme arancione che si tirava dietro il carretto per le pulizie, non c'era più nessuno sul binario. Le orme dei passeggeri scesi dal treno molto prima di lei erano state ricoperte da un nuovo strato di neve.

A prima vista l'edificio della stazione le sembrò invitante, così bello e illuminato, ma poco dopo si sentì travolta da una tremenda sensazione di solitudine. La biglietteria e il negozio dove si compravano caffè, giornali e altre cose erano ormai chiusi da tempo. Sulla porta della «sala d'attesa» un avviso annunciava la temporanea chiusura del locale per lavori di ristrutturazione.

Non sapendo cos'altro fare, Anna si mise a sedere su una

panchina nell'atrio e guardò fuori. I lampioni in strada illuminavano le facciate dei palazzi. Quasi ogni balcone era addobbato con le più disparate decorazioni natalizie. Davanti all'ingresso della stazione c'era uno spesso strato di neve, tanto che non si vedevano più i gradini delle scale sottostanti.

Che fare adesso? Aspettare lì fino all'indomani mattina? Oppure tentare in qualche modo di raggiungere Berlino?

Con un forte senso di frustrazione diede un'occhiata al cellulare. Niente campo. L'avviso delle chiamate perse continuava a lampeggiare. Inoltre sua madre aveva lasciato un messaggio in segreteria che ora non era possibile ascoltare. Magari era fuori di sé dalla preoccupazione.

Un telefono a gettoni!, le venne in mente. Lì, da qualche parte, doveva pur esserci una cabina del telefono.

Dopo aver dato un'altra occhiata al luccichio delle lampadine colorate là fuori, afferrò il trolley e uscì dall'ingresso principale. Un vento pungente le sferzò il viso. Anna corrugò la fronte e cercò di orientarsi. Non vedeva nessuna cabina, ma forse ne avrebbe trovata una per strada. Destra o sinistra? Dove andare? Decise alla fine di seguire la strada in direzione del centro, o almeno quello che a giudicare dall'illuminazione sembrava essere il centro.

Ben presto si rese conto di essere vestita troppo leggera. Anche a Halle era nevicato, ma non così forte. E lì non c'era nemmeno la metà del vento che tirava a Binz!

A capo basso affrontò le raffiche che provenivano dal mare. Forse era solo la sua immaginazione, ma credette di sentire nel buio il mugghiare minaccioso delle onde.

D'estate avrebbe preso in considerazione l'idea di dormire sulla spiaggia. Ma ora era sul punto di congelare. La neve sul marciapiede le arrivava fin quasi alle ginocchia, e sulla strada la situazione non era migliore. Non si vedevano spazzaneve nelle vicinanze.

Stava per scoppiare a piangere. E pensare che per voler dare una gioia a suo fratello era finita lì, come una naufraga su una spiaggia deserta.

Dopo un po' intravide delle villette. Non aveva trovato nessuna cabina telefonica per strada, ma la gente in casa aveva di sicuro il telefono.

A un tratto andò via la luce dappertutto. Ci mancava solo questa!

Anna si guardò intorno sconcertata. Neanche un lampione acceso, nemmeno le lucine a intermittenza sui balconi. Aveva un'aura così spaventosa che persino la corrente scappava davanti a lei?

La luna, per fortuna, rimase al suo posto. In effetti era velata da nubi, ma sembrava imponente e mandava così tanta luce che qualche attimo dopo Anna riuscì a distinguere il marciapiede e poté proseguire il cammino. Nel frattempo il gelo le era penetrato fin dentro le ossa e si chiese se sarebbe servito a qualcosa mettersi a correre per fuggire da quel freddo e da quella situazione assurda. Camminando faticosamente nella neve si imbatté in una casa la cui facciata chiara spiccava sullo sfondo nero. Che fossero ancora svegli lì dentro? Difficile a dirsi. Probabilmente dormivano già, o magari, sorpresi dal blackout, stavano ancora cercando delle torce o delle candele.

Non c'era nessun cartello con la scritta ATTENTI AL CANE, quindi Anna si fece coraggio e aprì il cancelletto. Un ringhio rabbioso la fece sobbalzare all'indietro, terrorizzata. Ma non proveniva dal cortile in cui aveva appena messo piede. Era il cane del vicino, per fortuna.

Un attimo dopo sentì dietro di sé il rumore di un veicolo

pesante che si fermò proprio davanti alla casa. La neve e la facciata dell'edificio si tinsero del riverbero arancione di un lampeggiante. Anna si voltò. Uno spazzaneve. Il bagliore la accecò, ma poco dopo il motore si spense e, tra la luce della freccia e dei fari, le apparve un'ombra. L'uomo era piuttosto alto, indossava una giacca arancione con strisce catarifrangenti e un cappello di pelliccia con lunghi paraorecchie. Qualcosa di simile lo aveva visto indosso a un venditore ambulante russo a Berlino.

«'sera!» esclamò, scrollandosi la neve dagli stivali. «Posso esserle d'aiuto?»

Anna prima lo fissò, poi si schiarì la voce. «Volevo chiedere se era possibile telefonare.» Le sembrò che le sue parole fossero state portate via dal vento. Eppure l'uomo doveva averle sentite sotto quei pesanti paraorecchie.

«E perché devi telefonare?» chiese, frugandosi in tasca.

Ignorando il fatto che le avesse dato del tu, Anna sperò che tirasse fuori un cellulare funzionante, ma invece era un semplice mazzo di chiavi con cui le passò davanti e aprì la porta di casa.

«Io... io mi sono addormentata sul treno e adesso non posso più ripartire.»

«Cosa?» domandò l'uomo meravigliato.

«In realtà volevo andare a casa, e invece mi ritrovo qui, ma devo assolutamente arrivare a Berlino, perché l'ho promesso a mio fratello e...» Quando Anna si rese conto che metà di quello che diceva era fiato sprecato, tacque.

«Prima entra, così mi racconti cosa ti è successo.»

L'uomo aprì la porta ed entrò.

Anna fu subito investita dall'odore di panpepato misto a quello di abete. Ma in quel momento non le importava minimamente, perché il calore della stanza la avvolse facendole riacquistare la sensibilità del viso intorpidito.

Com'era bello trovarsi in una casa!

Anna posò la valigia nel corridoio e seguì l'uomo che le fece strada fino in cucina. Con un fiammifero accese la lampada a petrolio, vecchia almeno di un secolo.

«L'ho ereditata da mio nonno» spiegò l'uomo dopo aver notato lo sguardo curioso di Anna.

Poco dopo arrivò una donna sulla porta di cucina. Frastornata, guardò prima Anna, poi l'uomo che doveva essere suo marito.

«Chi è?»

«Sono Anna Wagner» si presentò, accorgendosi che i muscoli del viso si stavano pian piano rianimando. «La prego di scusarmi per essere piombata qui così. Vengo da Lipsia e in realtà volevo andare a Berlino, ma mi sono addormentata in treno.»

«Berlino?» domandò la donna allarmata. «Ma è lontanissima.»

«Ho dormito come un sasso e il controllore mi ha detto che fino a domattina non ci sono treni. Sono una studentessa, e non ho i soldi per l'albergo e...»

«Sei stata fortunata, ragazza mia!» la interruppe l'uomo senza neppure darle il tempo di dire che in realtà avrebbe voluto semplicemente telefonare. «Sono stato appena assegnato a un nuovo turno.» Diede uno sguardo alla moglie, dalla cui espressione si deduceva che fosse tutt'altro che entusiasta. «Potrei darti un passaggio fino alla diga di Rügen e da lì potresti proseguire con il mio collega. È probabile che su tutta l'isola gli unici a viaggiare stanotte siamo noi. Una volta arrivata a Stralsund, magari potrai proseguire più velocemente.»

Anna non sapeva cosa pensare di quell'offerta, ma poiché l'alternativa era trascorrere la notte da sola al freddo dentro la stazione, accettò. «Okay, se è disposto a darmi un passaggio...»

«Non vorrà mica restare qui e aspettare fino a domani mattina?» intervenne la moglie. Il suo interesse non sembrava spontaneo, ma era chiaro che non se la sentiva di abbandonare Anna fuori, in mezzo alla neve.

«È molto gentile da parte sua, la mia famiglia mi sta aspettando da quasi cinque ore ormai. Se posso, accetto volentieri il passaggio sullo spazzaneve, farei qualunque cosa pur di arrivare a Berlino.»

Poco dopo Anna si era già pentita: in quella casa c'era un bel caldo e un'atmosfera piacevole. Ma poi pensò a sua madre e soprattutto a Jonathan. Doveva mettersi in contatto con loro, e se ciò non era possibile, doveva arrivare a Berlino prima che iniziassero a preoccuparsi sul serio.

«Ehm, non è per caso che il vostro telefono funziona senza corrente?» domandò titubante, indicando l'apparecchio sul tavolino.

«Senza la corrente qui non funziona proprio nulla!» sbraitò l'uomo ridendo, poi andò alla credenza e prese delle barrette al cioccolato che si mise nella tasca della giacca arancione. In quello stesso istante si rivolse alla moglie dicendo: «Vai a letto, tesoro, sarò di ritorno domattina. Se non rimango sepolto nella neve...».

La donna lo guardò con aria severa, poi però gli sistemò la giacca, gli accarezzò la guancia e gli diede un bacio. «Bada a te stesso e alla ragazza, d'accordo?»

«Promesso!» ribatté lui, facendo cenno ad Anna di seguirlo.

«Molte grazie» disse Anna, sorridendo alla donna, poi prese la valigia e uscì di nuovo fuori al gelo.

9

Anche se l'uomo non aveva certo l'aria di uno che si serve del suo spazzaneve per abbordare e molestare giovani autostoppiste, Anna si sentì comunque a disagio salendo sul veicolo. Era un po' come star seduta nella cabina di guida di un camion; be', non c'era poi gran differenza, solo che lo spazzaneve aveva davanti un'enorme pala.

L'uomo si sedette accanto a lei e, dopo averle raccomandato di allacciarsi la cintura di sicurezza, avviò il motore.

«Per la cronaca, io sono Karl Hansen» disse allungandole la grossa mano. «Allora buon viaggio!»

Il riverbero arancione dei lampeggianti illuminò la neve, mentre lentamente il veicolo si metteva in movimento.

«Ci mette un po' a partire, ma il riscaldamento funziona e poi saremo alla diga tra un'ora circa» spiegò Hansen, tirando fuori dalla tasca la prima barretta di cioccolato. Ne offrì una anche ad Anna, che scosse la testa. Non aveva fame. Finalmente era di nuovo in viaggio. Diede uno sguardo al cellulare, che non dava cenni di vita. E, come se non bastasse, la batteria si stava scaricando. Prima della partenza Anna aveva dato per scontato che a quell'ora sarebbe stata a Berlino da un pezzo, e avrebbe messo il cellulare in ricarica.

Sperò che prima o poi avrebbero raggiunto una zona dove ci fosse campo.

«Su, ascoltiamo un po' di musica» disse l'uomo accendendo la radio, evidentemente disturbato dal silenzio di Anna.

Lei si preparò al peggio quando sul display vide scritto ONDA DEL MAR BALTICO. Ma quel che sentì non era poi così male. Era il tipo di musica che si poteva ascoltare a qualsiasi festa studentesca.

In quel momento, Anna si rese conto di non essere affatto un tipo socievole. Era difficile che andasse a quelle feste e, anche quando capitava, non si sentiva mai in vena di festeggiare.

«Cosa fai a Lipsia?» chiese l'uomo, dopo aver fatto calare la pala dello spazzaneve per spostare i mucchi ghiacciati sul ciglio della strada.

«Studio» rispose. «Scrittura letteraria, all'istituto di Letteratura di Lipsia.»

«Oh» replicò Hansen. Era chiaro che per lui era qualcosa di totalmente inaccessibile. «E cosa pensi di fare dopo?»

«Scrivere libri» replicò Anna, cercando di non far trapelare la sua irritazione. Era sempre così. Se avesse detto che studiava Medicina o Giurisprudenza, nessuno le avrebbe chiesto cosa intendeva fare dopo, ma la letteratura era, per la stragrande maggioranza delle persone, un concetto astratto che non riuscivano ad abbinare a nessuna professione.

«Scrivere libri?» le fece eco Hansen meravigliato. «Proprio una bella impresa! Ma si riesce a viverci?»

«È quel che intendo scoprire. E se non dovessi riuscirci, vorrà dire che farò un altro lavoro che abbia sempre a che vedere con la scrittura. Quella serve in qualsiasi lavoro, no? In campo pubblicitario, giornalistico...»

«Be', allora fai in modo che sui giornali si trovi qualcosa di meglio. A volte sono infarciti di tali sciocchezze, opera di veri e propri imbrattacarte.»

«I giornalisti non fanno altro che riferire quel che accade nel mondo, o almeno, nella maggior parte dei casi. Comunque, io ho intenzione di scrivere solo roba di qualità. Magari fonderò un giornale tutto mio, dal titolo "Buone notizie".» *Ma dove andrò a pescarle certe notizie, quando gli uomini non fanno altro che complicarsi la vita ogni giorno?* si preoccupò Anna.

«Devi farlo, sì!» ribatté lui. «E se riuscirai a sfondare come scrittrice, leggerò tutti i tuoi libri!»

Ridendo, Anna osservò il suo profilo. Sembrava sincero, parlava col cuore in mano, e questo le piaceva. E tuttavia dubitava che si sarebbe davvero ricordato di lei, se il suo nome fosse apparso un giorno su qualche copertina.

«E ora uno dei più grandi successi di ogni tempo» urlò all'improvviso lo speaker radiofonico. «Bene, siete già tutti presi dall'atmosfera del Natale? Se ancora non lo siete, aspettate di ascoltare questa canzone...»

Ad Anna si gelò il sangue nelle vene e fu colta da un brutto presentimento. Lo speaker sembrava infervorato, con quella voce fin troppo impostata e il volume al massimo. Eppure la sua emittente lo aveva preso per questo.

Ed eccoli, gli anni Ottanta... Lei non era ancora nata, e i suoi genitori forse si erano conosciuti a scuola. Anna chiuse gli occhi, quando George Michael iniziò a cantare.

«Last Christmas I gave you my heart...»

Non c'era scampo. Lo spazzaneve procedeva a rilento, George cantava a squarciagola e, come se non bastasse, il conducente sembrava apprezzare quella canzone.

«Eh, allora sì che eravamo giovani!» bisbigliò, iniziando a fischiettare la melodia.

Le montagne di ghiaccio ammassate lungo la strada allontanarono da Anna il pensiero di buttarsi dallo spazzaneve in corsa. No, non avrebbe sacrificato la sua vita per quella stupida canzone.

«Sei emozionata per domani?» domandò Hansen entusiasta.

«No, sono preoccupata» rispose Anna borbottando.

«E cosa potrebbe mai andare storto a Natale? Non si lavora, si poltrisce sul divano, si mangia a crepapelle e si ricaricano le batterie. Non mi pare proprio male.»

«E in effetti non sarebbe poi così male... non lo so neppure io, ma il Natale per me ha perso il suo fascino. Vedo la gente affannarsi dietro ai preparativi, ovunque si fa un gran parlare di pace e d'amore, ma poi le persone in questo periodo sembrano ancora più insofferenti con gli altri.»

«Dipenderà dallo stress. Dopo aver sgobbato tutto l'anno, magari la gente non ne può più. E poi c'è il Natale alle porte, si vuole festeggiare in piena regola, e tutti corrono a procurarsi il necessario. E questo crea ancora più stress, non trovi? Io e mia moglie, per esempio, non ci regaliamo più niente; nei giorni di festa ci concediamo del buon cibo e ci godiamo la compagnia l'uno dell'altra e di chi viene a farci visita, tutto qui. Credimi, ti cambia la vita, e quando torni al lavoro hai tante di quelle energie che riesci a essere di nuovo affabile e disponibile.»

Lo sguardo fisso davanti a sé, l'uomo sembrava assorto nei suoi pensieri. Poi aggiunse: «Ricordo ancora bene l'ultimo Natale che abbiamo festeggiato quando c'era ancora mio nonno. Allora era già malato e temevano che non sarebbe vissuto a lungo. Mangiò tutto quello che gli andava, cosa che non faceva più da tempo ormai. Rise e scherzò, come se avesse di nuovo vent'anni. Lo sapeva anche lui che non gli restava molto da vivere, ma aveva deciso di godersi quella festa fino in fondo. Giudicandola col senno di poi, per noi è stata la festa più triste, ma forse anche la più bella». Fece un'altra pausa di riflessione, poi riprese: «Non ti arrabbiare per quel che vedi in giro a Natale. Cerca invece di festeggiare come se tu avessi...» la squadrò rapidamente da capo a piedi, poi continuò: «... come se tu avessi dieci o undici anni. O comunque l'età in cui ti divertivi ancora in quel giorno. Altrimenti finirai col ritrovarti improvvisamente vecchia e ti accorgerai di avere soltanto un ultimo Natale da festeggiare, e magari neppure quello. Nessuno potrà mai toglierti il ricordo di tutte le feste che hai passato».

Anna fece un cenno di assenso. Calato il silenzio, si sentivano soltanto il ronzio del motore, la musica della radio e la pala che raschiava a terra.

Ha ragione, pensò, *ma come posso tornare a sentirmi come una volta?* Il ricordo delle emozioni di un tempo era ancora vivo dentro di lei, ma la capacità di tornare a provarle era andata perduta. E non sapeva se l'avrebbe mai recuperata...

Pian piano si lasciarono la città alle spalle: davanti a loro solo una landa sperduta e desolata. Non si vedevano luci da nessuna parte. Era come se lo spazzaneve fosse una nave solitaria in un oceano infinito. E quando spuntava una luce, erano i fari di un'auto. Raramente Anna si era sentita così disorientata.

«Dannazione, certa gente dovrebbe starsene a casa con questo tempo» imprecò Hansen schivando un'autovettura eccessivamente in mezzo alla strada. «Non capisco perché si mettano alla guida con un tempaccio del genere.»

«La gente vuole tornare a casa» replicò Anna, anche se avrebbe dovuto dargli ragione. Ma la maggior parte delle persone aveva davvero dei buoni motivi per tornarsene dalle proprie famiglie.

«E quei matti hanno pure dei passeggeri a bordo. Forse hai

ragione tu, probabilmente è tutta gente che corre per arrivare presto a casa. Speriamo che ce la facciano prima di rimanere bloccati dalla neve.»

Per qualche strana ragione Anna ripensò all'auto appena incrociata. Immaginò che a casa ci fosse una moglie o una fidanzata impaziente di avere il suo uomo lì, sano e salvo.

«Il suo è un bel lavoro» gli disse a un tratto, mentre alla radio davano *White Christmas* di Bing Crosby. *Ehi, signor Crosby, vieni un po' a Rügen, e presto ne avrai fin sopra i capelli del bianco Natale*, pensò Anna sarcastica.

Poi Hansen le chiese: «Perché?».

«Be', in un certo senso lei fa in modo che la gente per Natale possa tornare a casa sana e salva. Senza di lei quell'automobilista sarebbe rimasto bloccato.»

«Oh, può ancora succedergli, da un momento all'altro! Guarda come nevica.»

«Prima o poi, però, lei tornerà indietro e spalerà la neve caduta nel frattempo.»

«Devo darti di nuovo ragione. Ma non sono il solo, anche i miei colleghi fanno la loro parte. E se la situazione peggiora, dovremo uscire anche domani e durante i giorni di festa. Ma forse la neve avrà un po' di riguardo per noi, prima o poi dovrà pur smettere di nevicare, no?»

Anna sorrise della semplicità di quell'uomo. E al tempo stesso pensò che il lavoro di chi guidava uno spazzaneve fosse troppo poco apprezzato.

Un ronzio proveniente dalla tasca dei pantaloni la ridestò dai suoi pensieri. Un messaggio sul cellulare! Evidentemente c'era di nuovo campo!

In fretta e furia lo tirò fuori e decise che, se fosse stata sua madre, avrebbe risposto immediatamente o avrebbe richiamato.

Ma invece del messaggio comparve la scritta: «Batteria scarica. Collegare il dispositivo a una presa di corrente.»

Sbuffò disperata. Ci mancava solo questa! E dove la trovava ora una presa di corrente? E per di più sul margine superiore del display continuava ad apparire la scritta ASSENZA DI SEGNALE. Da spararsi!

«Cosa c'è che non va?» chiese il conducente, quando si fermarono a un semaforo. I fiocchi di neve turbinavano davanti al finestrino.

«Il mio telefono è a corto di batteria. Non è che per caso ha un cellulare? Magari carico?»

L'uomo si frugò in tasca e ne estrasse un cellulare piccolo, piuttosto vecchio. Ma non le fu d'aiuto: non c'era campo. «Mi dispiace, d'inverno è sempre un tormento. La rete va e viene. Ma ho una ricetrasmittente d'emergenza, nel caso m'imbatta in qualcuno che ha avuto un incidente. Devo trasmettere qualcosa? Non stai bene?»

Anna scosse la testa. «No, no, per ora è tutto okay, è solo che... La mia famiglia non sa che fine abbia fatto. In realtà avrei dovuto già essere a Berlino da ore. Di sicuro mia madre si starà preoccupando. Per questo ero in cerca di un telefono, ma poi è andata via la corrente, qui non c'è campo, e ho la batteria scarica...»

«Mi dispiace davvero, quando troveremo il mio collega alla diga, forse lui potrà aiutarti. Magari la batteria reggerà ancora un po', speriamo che non ti molli proprio ora.»

Anna impostò il risparmio energetico del cellulare e se lo rimise in tasca. Era quasi tentata di chiedere quanto ci avrebbero messo ad arrivare, ma poi, stanca e afflitta, si mise a fissare fuori dal finestrino.

10

«Eccola là la diga di Rügen!» esclamò Hansen, spaventando Anna che si era assopita. All'inizio non scorse altro che il riverbero della luce sulla strada, poi però vide lampeggiare qualcosa nel buio.

«Illuminano il ponte come una pala eolica, forse per evitare che qualche aereo ci sbatta contro» spiegò l'uomo. «E, se non mi sbaglio, siamo anche fortunati: là c'è il mio collega che sta per entrare in servizio. Lo chiamo via radio.»

Pochi attimi dopo la voce dell'altro conducente risuonò nella cabina dello spazzaneve.

«Sì, Karl, cosa c'è?»

Mentre Hansen raccontava al collega la storia di Anna, chiedendogli se poteva darle un passaggio, lei osservava la luna che si specchiava nell'acqua.

Possibile che il Mar Baltico congelasse? Magari non del tutto, eppure le era capitato di vedere delle foto con iceberg altissimi che torreggiavano sulle spiagge. Sculture di ghiaccio così meravigliose che nemmeno un artista sarebbe stato in grado di realizzare. Ma qui non c'era niente di tutto questo. C'era solo la neve che cadeva sull'acqua scura.

«Sei fortunata» disse Hansen, distogliendola dai suoi pensieri. «Il mio collega ti darà un passaggio fino all'autostrada.

Lì c'è un autogrill dove potrai riscaldarti e magari usare il cellulare.»

Magnifico!, pensò Anna, pentendosi però di non aver portato con sé il laptop. La connessione di cui aveva bisogno forse l'avrebbe trovata nell'autogrill.

Davanti alla diga, Karl Hansen fece una complicata manovra d'inversione di marcia e poi fermò lo spazzaneve.

Il collega si avvicinò con calma, lasciando ad Anna tutto il tempo per salutare colui che per primo era arrivato in suo soccorso.

«Grazie mille per avermi accompagnata fin qui. Non fosse stato per lei, a quest'ora sarei sempre bloccata a Binz.»

Karl Hansen le passò il trolley.

«Buon Natale!» le gridò. «In bocca al lupo, e buon viaggio.»

La risposta di Anna fu coperta dal rumore del motore che si riaccendeva, poi lo spazzaneve fece dietrofront.

Anna si affrettò a raggiungere l'altro mezzo. L'uomo a bordo non sembrava affatto propenso a scendere per darle una mano con il bagaglio; stava semplicemente aspettando che aprisse lo sportello da sé e salisse su.

«Salve, io sono Anna» si presentò lei, ottenendo per tutta risposta un farfuglio indistinto da cui si intuiva il nome «Eckard».

Eckard, o come diavolo si chiamava, mise in moto e partì. Anche la sua radio trasmetteva una canzone, ma il volume era troppo basso per riconoscerla. Forse per lui era un rumore di sottofondo sufficientemente gradevole.

Anna capì subito che l'autista del secondo spazzaneve era più taciturno e poco entusiasta di averla a bordo. Un paio di volte provò a imbastire una conversazione, ma lui restò sulle sue. Era già tanto se le aveva dato un passaggio.

In quel silenzio Anna si mise allora a ripensare ai suoi Natali precedenti. Le venne in mente quella volta che avevano fatto visita ai genitori di Gerd.

Se rifletteva sul perché della sua avversione per le feste, giungeva sempre alla stessa identica conclusione: era stato proprio quel Natale, quando aveva solo dodici anni, a scatenarle quella reazione.

Gerd non le era mai piaciuto; solo per amore di sua madre aveva finto di accettarlo. Per di più sua madre, all'epoca, era in stato di gravidanza avanzata, motivo per cui non potevano fare lunghi viaggi; ma Gerd voleva comunque presentarla alla propria famiglia, e ad Anna questo spostamento non piaceva per niente.

La madre di Gerd abitava in una vecchia fattoria; era un'anziana signora taciturna e introversa. Allora Anna non si era chiesta perché fosse diventata così. Era solo impaurita ogni volta che la donna le rivolgeva il suo sguardo penetrante.

Per l'intera giornata non aveva fatto altro che fulminare Anna con delle occhiatacce, ogni volta che era seduta scomposta o giocava con il tovagliolo o se a tavola aveva macchiato la tovaglia.

La cosa peggiore erano comunque le cugine e i cugini acquistati. Sembrava fossero tutti quanti alleati contro di lei: non la facevano giocare con loro e la tenevano sempre a debita distanza. Alla fine Anna si era rifugiata da sua madre, e allora sì che la nuova nonna l'aveva guardata con disprezzo.

«La lascio alla prossima stazione di servizio, okay?» La voce dell'uomo e il rumore dello spazzaneve distolsero Anna dai suoi ricordi. Solo in quel momento si rese conto che si erano lasciati alle spalle un bel tratto di autostrada. Le luci di Stralsund non si vedevano più.

«Okay» rispose Anna, certa che, se fosse rimasta anche un attimo di più su quel veicolo, sarebbe morta dalla noia.

Se non altro si cominciavano a intravedere le luci della stazione di servizio. Poi, finalmente lo spazzaneve imboccò l'ingresso dell'area fermandosi nel parcheggio dell'autogrill.

Non c'erano molte macchine. Forse la maggior parte della gente era già a rientrata casa. C'erano solo dei TIR parcheggiati, quasi tutti con targa polacca. In alcune cabine brillavano degli alberini di Natale che le misero addosso una gran depressione.

Guardando quei mezzi, e pensando ai camionisti che sicuramente avrebbero preferito essere a casa piuttosto che in viaggio per lavoro, fu avvolta da un velo di tristezza. Non tutti odiavano il Natale come lei.

Dopo aver salutato e ringraziato Eckard, Anna, trascinando il trolley, si avviò sul marciapiede innevato verso l'autogrill. Magari lì c'era un telefono, e poi era sempre meglio che starsene fuori al freddo e al gelo.

Ma la cabina del telefono davanti all'autogrill era inservibile. Dei vandali avevano spaccato la cornetta e tagliuzzato il filo. Chissà da quant'era in quelle condizioni e se qualcuno dell'autogrill si era mai preoccupato di farla riparare.

Per l'ennesima volta il destino le aveva giocato un brutto tiro. Ma almeno l'autogrill era aperto e magari l'impiegato al bancone le avrebbe fatto usare il telefono interno. Avvertendo casa si sarebbe tolta un peso dallo stomaco.

Entrando percepì una musica di sottofondo tutto sommato accettabile. Anna si piazzò fiduciosa davanti al bancone.

«Mi scusi, potrei fare una telefonata?» chiese all'uomo che si dondolava stranamente in avanti e indietro e aveva tutta l'aria di essere un po' alticcio. Solo quando lo guardò meglio si accorse che aveva le cuffie nelle orecchie. Schiarirsi la voce non sarebbe servito a niente, doveva rimanere lì davanti finché non l'avesse notata.

Per fortuna un paio di minuti dopo l'uomo si accorse di lei. Sussultò, guardandola, quasi spaventato, poi si riprese e si tolse finalmente le cuffie.

«Sì, mi dica» fece con un sorriso assente. Dalle cuffie arrivava una musica che faceva: *Unts, unts, unts*... Ovvio che non si accorgesse nemmeno dei clienti!

«Potrei fare una telefonata? Il telefono fuori è guasto e ho urgente bisogno di chiamare casa.»

L'uomo la guardò come se gli avesse chiesto di trasformarsi in un supereroe. «Non ha un cellulare?» gli domandò meravigliato.

«Sì, ce l'ho» replicò Anna, cominciando a innervosirsi. «Purtroppo la batteria è finita e non ho avuto modo di ricaricarlo. Ma qui avrete sicuramente un telefono, giusto?»

«Sì, ma è solo per i dipendenti.»

«Ma si tratta di un'emergenza! Devo chiamare casa!»

La cosa non sembrò smuoverlo né impietosirlo minimamente. Guardava Anna come se le avesse appena raccontato di aver incontrato Babbo Natale.

«La prego!» lo implorò. Avrebbe voluto battere il pugno sul bancone. C'era qualcosa che non riusciva ad afferrare nell'espressione «si tratta di un'emergenza»? Pensava forse di essere Gandalf? «Di qui non si passa!»

Anna si sforzò di mantenere la calma. Se lo avesse aggredito verbalmente, alzando la voce, probabilmente l'uomo si sarebbe irrigidito ancora di più.

«Va be', dài» le concesse con fare conciliante. «Ma si sbrighi, d'accordo?»

«Grazie!» esclamò Anna al settimo cielo e, sgusciando dietro al bancone, sparì nella piccola anticamera che separava il locale dal retro.

Ma quando sul cellulare non apparve niente, si rattristò di nuovo. Premette il tasto di accensione nella speranza che fosse rimasto almeno un briciolo di batteria, ma non ci fu niente da fare: nessun segno di vita.

Anna si trattenne dall'imprecare e posò il ricevitore.

«Allora, ha fatto?» le chiese l'uomo non appena lei tornò davanti.

Anna arrossì. «No, niente da fare. Credo che riproverò più tardi. Io... non ricordo il numero a memoria, ce l'ho nella rubrica del cellulare, che è morto e...» Lo sguardo dell'uomo la fece ammutolire. Evidentemente non intendeva affatto lasciarla entrare di nuovo nella sua tana.

Anna era imbarazzata per non ricordare a memoria il numero di sua madre. E per non averlo trascritto da nessuna parte. Solo quando i suoi si erano trasferiti a Zehlendorf aveva salvato il nuovo numero di casa sul cellulare; fino ad allora era sempre stata sua madre a cercarla e le poche volte che l'aveva chiamata lei, le era bastato cercare MAMMA nella memoria del telefono e dare l'OK. A questo punto doveva ricaricare la batteria per recuperare il numero.

«Bene, torni quando avrà il numero.» E, rimettendosi le cuffie nelle orecchie, si abbandonò di nuovo al ritmo convulso della musica che stava ascoltando.

Frustrata, Anna si guardò intorno. C'era una presa elettrica da qualche parte? Forse era meglio cercarla da sola, senza chiedere all'uomo che, evidentemente, ormai era totalmente preso dal clima festivo.

Alla fine trovò una presa accanto a una panca. Senza rivolgere lo sguardo all'uomo dietro il banco, trascinò il trolley fino alla panca e si mise a sedere.

Aprì la prima tasca del trolley: niente.

Frugò nella seconda: ancora niente.

Infine aprì la cerniera e, sollevato cautamente il vecchio libro di fiabe, iniziò a rovistare fra i vestiti.

«Eppure lo avevo messo qui da qualche parte» mormorò, augurandosi di farlo uscire come avrebbe fatto un incantatore di serpenti con il suo cobra. Ma del caricabatterie, sua unica salvezza, nessuna traccia. Quando ormai aveva perlustrato il trolley da cima a fondo, fu costretta ad ammettere di averlo lasciato a casa. A questo punto poteva scordarsi di ricaricare il cellulare...

Ma forse le era scivolato fra le dita nella foga di trovarlo. Aggrappandosi all'ultimo barlume di speranza, ricominciò da capo a rovistare nel trolley, tastando una a una le maniche delle maglie o le gambe dei pantaloni.

Niente da fare. Le si riempirono gli occhi di lacrime. Ma perché doveva capitarle anche questo? Come aveva fatto a dimenticarsi il caricabatterie? Si ricordò della presa elettrica accanto al letto: ecco dov'era rimasto. Ma purtroppo, saperlo non le era più di nessun aiuto.

Quel dannato cellulare non si sarebbe riacceso e se non trovava qualcuno che avesse con sé un caricabatterie uguale al suo, le cose si sarebbero messe davvero male.

In quel momento il cellulare le scivolò dalla tasca dei pantaloni cadendo direttamente a terra. Anna sobbalzò per il rumore che fece; non aveva il coraggio di raccoglierlo per la paura che si fosse rotto. Vedendo il display incrinato da parte a parte, ebbe un tuffo al cuore. E non poteva neanche controllare se funzionava ancora.

Non avrei dovuto accettare l'invito, pensò disperata. *Se fossi rimasta a Lipsia, invece d'imbarcarmi in questa dannata odissea, sarebbe andato tutto bene.*

Qualcuno le toccò una spalla, e solo allora smise di singhiozzare. Con gli occhi gonfi di lacrime guardò l'uomo di cui sulle prime riuscì a distinguere solo la sagoma. Quando lo mise a fuoco, si accorse che in realtà era un ragazzo dai capelli castani, probabilmente più giovane di lei.

«Cos'hai?» chiese con un sorriso che la conquistò. «Per caso quel tipo là dietro ti ha infastidita?»

Anna scosse la testa e in un primo momento non realizzò che il ragazzo ce l'aveva con l'uomo dietro al bancone. «No, ho... ho solo... perso il numero.»

Il giovane aggrottò la fronte. «Che numero?»

«È una lunga storia» replicò Anna, soffocando i singhiozzi. «E comunque, eccomi qui, senza la più pallida idea di cosa fare.»

«Io sono Marko» si presentò lui, aggiungendo poi: «Se vuoi, posso darti io un passaggio».

Stava per fare i salti di gioia, quando una vocina interiore la richiamò alla prudenza. Poteva trattarsi di un serial killer!

Ma aveva scelta? Intendeva passare il resto della notte con un dipendente dell'autogrill che aveva ormai deciso di non servire più nessuno, o preferiva avvicinarsi a Berlino? Ammesso che lui andasse a Berlino...

«Dove sei diretto?» gli domandò asciugandosi le lacrime.

«Prima a Rostock, poi a Berlino» rispose il giovane.

«Fai il giro lungo?» chiese Anna, non più così entusiasta. Stava diventando sempre più diffidente.

«Be', in realtà abito e studio a Rostock, ma ora vengo da Stralsund, dove sono stato a trovare degli amici. Ho dimenticato di prendere i regali per la mia famiglia, quindi devo ripassare da casa prima di raggiungerla a Berlino.»

Sembrava terribilmente complicato. Ma c'era un'alternativa? Il parcheggio lì era piuttosto solitario, difficilmente avrebbe trovato un altro passaggio, e inoltre, senza il numero di telefono, Anna non poteva chiamare i suoi.

«E cosa studi?» gli domandò lei, sempre più sospettosa, ma al tempo stesso curiosa.

«Nautica» rispose lui. «Purtroppo non c'è a Berlino, e io voglio fare il capitano su una nave.»

Era una spiegazione plausibile, eppure non la convinceva fino in fondo.

«E tu, cosa fai di bello?» le chiese, cercando di conquistarsi la sua fiducia.

«Studio Lettere a Lipsia» rispose Anna timidamente.

«Va be', in ogni caso, se non ti scoccia fare una piccola deviazione, posso darti un passaggio. Non ho una limousine, ma la mia macchina è confortevole, questo sì. Se domani mattina presto, come spero, saremo a Berlino, potrai fare una bella sorpresa alla tua famiglia, senza bisogno di chiamare prima.»

A quel punto Anna non poté far a meno di sorridere. Ora si sentiva rincuorata e non dubitava più della disponibilità di Marko.

«Va bene, vengo con te» disse allora, decisa a non raccontare niente alla mamma della sua avventura da autostoppista: avrebbe innescato sfiancanti discussioni in cui si sarebbe immischiato anche Gerd. E a quel punto avrebbero finito col rovinarsi il Natale.

«Okay, non te ne pentirai. A proposito, hai qualche consiglio per costringere il tipo al bancone a venderci delle barrette di cioccolata e un paio di Coca-Cola? La musica che ascolta è talmente alta che nemmeno si accorge se qualcuno gli si piazza davanti.»

Anna si alzò svogliatamente, si rimise il cellulare in tasca e afferrò la maniglia del trolley.

«Non ne ho idea, magari però in due ci riusciamo.»

11

Nel frattempo i TIR nel parcheggio erano aumentati. Ne erano arrivati altri tre. Gli autisti entrarono insieme nell'autogrill. Ce l'avrebbero fatta a far togliere le cuffie al barista?

Dov'erano finiti i passeggeri delle altre auto parcheggiate accanto a quella di Marko?

Prima che Anna riuscisse a trovare le risposte, i fari di una Ford Fiesta cominciarono a lampeggiare verso di lei. Il leggero strato di neve che la ricopriva non le permise di vedere di che colore fosse.

Salendo in macchina notò subito la catenina che pendeva dallo specchietto retrovisore. I sedili erano rivestiti di stoffa bianca e nera ed emanavano un leggero odore di abete. Era il classico tipo di auto che certi ragazzi amavano sfoggiare il sabato sera per farsi belli con le amiche.

Mentre si allacciava la cintura di sicurezza, Anna si ritrovò a pensare quasi come sua madre. Il fatto che lei non andasse in giro per locali il sabato sera non significava necessariamente che chi li frequentava fosse un tipo poco raccomandabile. In fin dei conti, Marko si era offerto di accompagnarla a casa...

«Allora si parte!» esclamò entusiasta il ragazzo, mettendo in moto. Quel rumore ispirava una certa fiducia, e Anna riuscì finalmente a rilassarsi. Presto sarebbe arrivata a Berlino e tutto si sarebbe sistemato.

Uscendo dalla stazione di servizio, si videro sfrecciare davanti uno spazzaneve. Marko non gradì affatto gli schizzi dello spargisale sul parabrezza.

«Quell'affare sciupa le auto. Non vedo l'ora che finisca di nevicare.»

«A quanto pare non sei un fan dell'inverno.»

Anna percepì una certa affinità, almeno da quel punto di vista. Il fatto che stesse andando dai suoi non significava necessariamente che festeggiasse volentieri il Natale.

«No, detesto l'inverno. Forse è per questo che voglio fare il capitano su una nave.»

«E se poi ti spediscono in un posto col mare ghiacciato? In Groenlandia o in Siberia?»

Marko rise. «Questa è una buona osservazione. Io però ho intenzione di farmi spedire al caldo.»

Anna si immaginò Marko dopo dieci anni, completamente infreddolito, sul ponte di un motopeschereccio che trasportava il pesce dalla Groenlandia ad Amburgo. Poi, però, la rabbia che aveva rimosso tornò a farsi sentire. «Non è positivo per il karma» avrebbe commentato la sua amica Paula. Ed era proprio di un karma positivo, e soprattutto di fortuna, che aveva bisogno in quel momento.

«Scusa, hai un cellulare?» gli domandò, sperando che avesse con sé un caricabatterie da attaccare all'accendisigari dell'auto. Be', era assai improbabile che il caricabatterie di Marko fosse compatibile col cellulare di Anna, ma ci provò lo stesso...

Marko scosse la testa.

«Mi prenderai per scemo, ma no, non ce l'ho. Non voglio rendermi in tutto e per tutto schiavo della tecnologia, non so se mi spiego.»

Anna non capiva affatto. Com'era possibile che un ragazzo

giovane non avesse un cellulare? Marko rispose prontamente a questa domanda inespressa.

«Siamo troppo presi dalla rete. Le informazioni trapelano ovunque. Si può sapere tutto di tutti. No, non mi va che gli altri sappiano gli affari miei. Ecco perché non ho il cellulare. Quando sono in macchina non occorre che sia reperibile, e una volta arrivato a destinazione mi faccio vivo io con chi vuol sapere dove sono.»

Se le avesse detto che spediva ancora cartoline, sarebbe scoppiata a ridere. E nel caso di un guasto alla macchina, cosa avrebbe fatto?

«Negli anni Ottanta non c'erano i cellulari, eppure la gente sopravviveva lo stesso» continuò Marko. «Quindi preferisco continuare a farne a meno, almeno per adesso.»

«E se ti si ferma la macchina? Che pensi di fare?»

«Ci sono i telefoni d'emergenza nelle piazzole di sosta.»

«E se rimani bloccato in mezzo alla strada?»

«Mi arrangerò in qualche modo. I miei non sono particolarmente ansiosi, sanno che prima o poi arrivo. Quando un giorno sarò per mare, non potrò certo chiamarli di continuo.»

«Ma lì avresti una radio per comunicare.»

«Sì, per lanciare un SOS o per mettermi in contatto con altre navi. Ma qui sono sulla terraferma. Cosa potrà mai capitarmi?»

Anna avrebbe potuto fargli un lungo elenco di inconvenienti e disgrazie, ma capì di avere davanti un tipo cocciuto e irremovibile. Forse bisognava avere proprio un carattere del genere per diventare capitano.

Fine della conversazione: Anna accese la radio. La musica in quel momento non sembrava poi così male. O era lei che si era ormai abituata a quella cantilena sempre uguale?

Lasciandosi cullare dalle note, guardava dal finestrino le luci che brillavano a intermittenza. A tratti scorgeva anche le luci di segnalazione delle pale eoliche. E poi di nuovo paesini avvolti nell'oscurità.

In tutte quelle case si festeggia il Natale, pensò Anna. Magari non tutte le famiglie vivevano quel periodo in modo sereno e allegro. Se non altro, però, nessuno di loro era costretto a viaggiare di notte su una Ford Fiesta con il timore di non raggiungere in tempo i propri cari. Certe cose succedevano solo a lei.

Avvertì un nodo alla gola e sorrise con amarezza.

Strano che proprio ora sentisse il desiderio di chiamare sua madre, mentre in altre circostanze, pur avendo sia il telefono che il numero a portata di mano, avrebbe fatto qualsiasi cosa per evitarlo.

«Tutto okay?» chiese Marko, che aveva notato la sua espressione.

«Sì, tutto okay» si affrettò a rispondere Anna, che non voleva spiegargli cosa le passasse per la testa. «Stavo solo pensando a una cosa curiosa.» *Qualcosa di veramente curioso*, aggiunse sarcastica dentro di sé. *Qualcosa per cui ci sarebbe da piangere, invece che ridere.*

Marko non insisté. Per il resto del viaggio fino a Rostock non scambiarono mezza parola. Avvicinandosi alla città, che ad Anna ricordava un po' Lipsia, Marko prese una strada secondaria per il centro. Parcheggiò in seconda fila con la doppia freccia accesa, davanti a un palazzo a tre piani un po' cadente.

«Torno subito» le assicurò prima di sparire.

Anna guardava fuori dal finestrino. Gli era grata per non averle chiesto di salire su con lui. Trovava rassicurante il ticchettio della doppia freccia, accompagnato dal bagliore arancione che si riverberava sui muri dell'edificio.

Dopo un po' si accorse di una stella cometa luminosa ai vetri di una finestra. Le luci di casa erano spente, probabilmente stavano tutti dormendo.

Una stella del genere era appesa anche alla finestra di Peter, disse fra sé, e col pensiero tornò a qualche anno prima, quando stava con un ragazzo di nome Peter. Dopo sei mesi la loro relazione si era fatta così seria che lui aveva insistito per presentarla ai suoi a Natale. Anna, che già allora provava una certa ritrosia per le feste in famiglia, aveva acconsentito e, per settimane, aveva chiesto con insistenza a sua madre il permesso di passare la vigilia da Peter.

Era stato Gerd a dire di sì, non perché volesse essere gentile con lei, ma perché senza di lei pensava che avrebbero trascorso una vigilia più tranquilla. Ma questo Anna lo avrebbe capito solo in seguito; quell'anno invece era stata felice e orgogliosa di poter raccontare alla sua amica che avrebbe festeggiato il Natale con Peter.

Quello fu per lei un giorno memorabile. Se la madre di Peter sembrava una donna tranquilla, suo padre era invece un tipo spassoso. Man mano che il tasso alcolico aumentava, diventava sempre più allegro. All'inizio si era limitato a urlare a squarciagola canti natalizi, poi però aveva iniziato a slacciarsi la cravatta e sbottonarsi la camicia.

«Oh, Heinz, ma cosa stai facendo?» lo aveva rimproverato la mamma di Peter, preoccupata che Anna si facesse un'idea sbagliata. Ma il marito non l'ascoltò. Sembrava persino ignorare che lì ci fosse la fidanzata di suo figlio che, seduto da una parte, avrebbe voluto sprofondare sotto terra. L'uomo si tolse la camicia, piazzò la sedia in mezzo alla stanza e iniziò a intonare una melodia russa. E questo non era ancora niente: cominciò poi a eseguire dei passi di danza che Anna aveva visto in un vecchio film russo.

«Heinz, non puoi...» implorava la moglie allibita, ma Heinz poteva – eccome! Strillando come un pazzo, aveva iniziato a dimenarsi in un modo che avrebbe fatto impallidire qualsiasi ballerino di breakdance. Dalla paura.

Anna era scoppiata a ridere senza riuscire a riprendersi. Se non la più bella, sicuramente quella era stata la festa di Natale più divertente che avesse mai passato.

Anche adesso, al solo ricordo, tornava a sorridere. Chissà che fine aveva fatto Peter? Sei mesi dopo si erano lasciati. Certamente non per l'imbarazzante performance del padre, ma per il trasferimento di lui, con tutta la famiglia, in un'altra città. All'inizio si erano promessi di restare in contatto, ma poi la lontananza li aveva separati in ogni senso.

E dopo di lui? Anna aveva avuto un altro ragazzo, insieme al quale, però, non aveva mai festeggiato il Natale, visto che si era rivelato un idiota ancor prima di arrivarci. Sin dall'ultimo anno delle superiori non aveva più avuto una vita sentimentale. Davvero non le mancava? Non ne era convinta al cento per cento.

A un tratto il portabagagli dell'auto si aprì e qualcosa iniziò a frusciare. Quando Anna si voltò impaurita, vide che si trattava solo di Marko che caricava i regali. Poi, salito in macchina, avviò il motore. «Allora, tutto a posto?»

«Sì, certo.»

Appena partiti, la speaker annunciò con la sua voce vellutata: «E adesso una canzone che vi farà sognare, dedicata a tutti voi che aspettate trepidanti il Natale».

Ecco risuonare l'ormai noto tintinnio di campane di sottofondo.

Oh no! Anna fece un gesto di stizza quando George Michael attaccò la solita lagna.

«Last Christmas, I gave you my heart...»

Maledizione, ma perché?, si domandò, sdegnata. Perché ancora quella stupida canzone?

«Davvero è tutto a posto?» le chiese di nuovo Marko. Era chiaro che non l'aveva mai persa d'occhio per tutto il viaggio. «Non è che ti senti male? Devo fermarmi da qualche parte?»

Sì, in un certo senso stava male, ma non fisicamente. La sua era solo una reazione istintiva a quella canzone che sembrava perseguitarla come una maledizione. Era forse la vendetta del Natale? La sua giusta punizione?

Ma prima o poi sarebbe finita, e altre canzoni avrebbero preso il posto di quella nenia natalizia. Per un attimo Anna si rilassò.

«Dove abita la tua famiglia a Berlino?» chiese a Marko, per capire a quale fermata del tram farsi lasciare. Arrivare fin sotto casa con lui avrebbe innescato una serie di domande che non avrebbe potuto sopportare. E Gerd avrebbe colto al volo l'occasione per chiedere come mai non aveva ancora un fidanzato – in fin dei conti non era più una ragazzina, e sua madre a quell'età aveva già una figlia.

«Hellersdorf» rispose lui. «In realtà non è il posto ideale, ma la domenica e i giorni festivi è molto tranquillo. E tu? Sei di Prenzlauer Berg?»

«Io sono originaria di Charlottenburg» replicò Anna.

«Oh, la zona signorile.»

«Se lo dici tu. Un po' di tempo fa mia madre si è trasferita col suo secondo marito e con mio fratello a Zehlendorf.» Stava per dire che era proprio per quel motivo che non aveva con sé il nuovo numero di telefono, ma si trattenne.

«Ti ci porto lo stesso.»

Anna non aveva intenzione di spiegargli perché non voleva

essere accompagnata fin sotto casa. Fece cenno di sì con la testa, pensando di farsi lasciare alla fermata del tram Krumme Lanke. Da lì erano solo pochi metri a piedi e li aveva già messi in conto, anche se il viaggio fosse andato secondo i piani.

Anna si girò per aprire la tasca davanti del trolley. Magari avrebbe potuto ingannare il tempo sfogliando il libro di fiabe; in fin dei conti c'era ancora molta strada da fare. Nel tirare la valigia con forza, fece cadere la sacca da marinaio di Marko. Dall'apertura uscì fuori una felpa bianca e rossa. Anna si accorse subito che non era un normale capo invernale. Magari Marko era più fuori di testa di quel che sembrava.

«Di' un po', nella tua sacca c'è un costume da Babbo Natale?» chiese lei, dimenticando cosa stesse cercando nel trolley.

Marko sorrise. «Sì, è così. È il costume che indosserò domani per dare i regali alle mie nipotine. E poi ho lavorato come Babbo Natale al mercatino di Rostock.»

«Ti travesti anche in altre circostanze?»

«Certo, per le campagne pubblicitarie! Mi sono travestito da cono gelato quando a Rostock hanno aperto una nuova gelateria, da 9 gigante all'inaugurazione di un supermarket dove vendevano tutto a 99 centesimi, ma il vertice della mia carriera l'ho raggiunto indossando un costume da banana per pubblicizzare un parco giochi, dove i bambini potevano salire su una barca a forma di banana. Non puoi immaginare quanta gente ci fosse.»

All'idea che se ne andasse in giro vestito da banana a gridare slogan pubblicitari, Anna scoppiò a ridere.

«Mi sono divertito, e poi sono anche lavoretti pagati bene. Travestito così, nessuno ti riconosce; l'unico inconveniente è che tutti vogliono abbracciarti, ma dopo un po' ci si abitua.»

«Vedrò di trovarmi anch'io un lavoretto del genere a Lipsia. Come hostess alle fiere, magari.»

«Eh, per quello mi sono già candidato durante le vacanze di fine semestre!»

Anna alzò le sopracciglia.

«No, niente paura, stavo scherzando. Il prossimo anno dovrei laurearmi, dopodiché spero di imbarcarmi su una nave. Ti farò un cenno se dovessi passarti accanto su una barca a forma di banana.»

Mentre pronunciava queste parole, il motore della Ford cominciò improvvisamente a singhiozzare.

Anna ebbe un sussulto. Quel vecchio trabiccolo non li avrebbe mica piantati in asso?

E invece sì, se la sua teoria della maledizione-punizione si stava rivelando vera.

«Che succede?» chiese allarmata.

«Stupida carcassa» sbraitò, battendo i pugni sul volante. Anna si chiese se avrebbe perso il controllo anche al comando di una nave. «Fa sempre così da un po' di tempo.»

«E quando è stata l'ultima volta?» chiese Anna, incredula. Probabilmente avrebbe dovuto mettere in conto che l'odissea non finiva lì…

«Una settimana fa. Ci ha armeggiato un po' un mio amico, credevo l'avesse riparata. Ma come vedi, non è così.»

Anna si spaventò a morte quando una Mercedes li superò a clacson spiegato. Il tipo al volante pensava davvero che andassero a rilento di proposito, per ostruirgli la strada e impedendogli di raggiungere moglie e figli in tempo per la vigilia di Natale?

Nonostante Marko stesse spingendo sull'acceleratore, il motore continuava a perdere giri e a protestare con muggiti assordanti. Ma cosa diavolo aveva combinato l'amico di Marko?

Alla fine la Ford esalò l'ultimo respiro con un gorgoglio seguito da uno scoppio impressionante. Altre macchine strombazzarono, ma Marko non ci badò. Cercò invece di portare l'auto sulla corsia d'emergenza, prima che si fermasse del tutto.

E in effetti ci riuscì, tirò il freno a mano e spense il motore.

«Non è che sei rimasto a secco?» chiese Anna, scettica.

Marko scosse la testa. «No, la benzina c'è. Sono le candele. Accidenti, proprio ora.»

«Accidenti, sì. Riesci a farla ripartire?»

«Non ne ho idea. Non sono un meccanico! In questi casi chiamo il soccorso stradale.»

Sembrava quasi che volesse scendere a fermare qualcuno, ma non poteva essere così folle da pensare di farlo nel mezzo di un'autostrada.

«Laggiù c'è una stazione di servizio» disse indicando delle luci in lontananza. «Se ti mantieni sulla corsia d'emergenza, dovresti arrivarci.»

«Dovrei andare a piedi fin laggiù?» chiese Anna allibita.

«Sì, altrimenti dovrai passare la notte in macchina, il che, ti avverto, non è una gran bella prospettiva.»

«E tu che farai?»

«Io andrò nella direzione opposta in cerca di un colonnino SOS, e poi aspetterò il soccorso stradale. Alla stazione di servizio troverai qualcuno disposto a darti un passaggio. Dal momento che siamo più vicini a Rostock che a Berlino, è più facile che il carroattrezzi mi riporti al punto di partenza. E immagino non vorrai dormire nella mia stanza.»

Anna era quasi sul punto di dire che non sarebbe stato poi così male, ma in realtà era convinta del contrario. Forse a casa un telefono Marko ce l'aveva, ma senza caricabatterie non le sarebbe servito a niente.

Anna guardò preoccupata i fari dei veicoli che si avvicinavano rapidamente per poi sfrecciar via di nuovo. Non aveva certo intenzione di farsi investire da un TIR, ma neppure di restarsene lì con Marko, il nemico dichiarato dei cellulari. E poi chissà quando sarebbe arrivato il soccorso stradale! Tra l'altro, nell'ultimo tratto di strada che avevano fatto non aveva notato nessun colonnino SOS.

Non le rimaneva altra scelta che incamminarsi verso la stazione di servizio. Magari lì avrebbe trovato qualcuno con un caricabatterie uguale al suo, e avrebbe potuto finalmente rianimare il cellulare. E magari qualcuno che le desse un passaggio!

«Okay, allora grazie mille» disse in tono angosciato. Quando aprì lo sportello, fu investita dal rumore assordante del traffico.

«Stai attenta» le raccomandò Marko, guardando nello specchietto retrovisore in attesa del momento giusto per farla scendere. «Chissà, magari un giorno o l'altro ci incontreremo di nuovo.»

Anna non era convinta di volerlo rivedere, ma le probabilità che succedesse erano effettivamente scarse. Una volta arrivato a casa dei suoi, sarebbe rimasto lì, imprigionato fino ad anno nuovo, quando avrebbe fatto ritorno a Rostock. «Buon Natale» augurò al suo cavaliere caduto in disgrazia, e si incamminò rassegnata verso l'autogrill.

12

Con il trolley in mano, Anna avanzava tenendosi il più possibile accostata al guardrail. Gli schizzi di un TIR che le sfrecciò accanto la bagnarono da capo a piedi. Com'è che quei colossi apparivano così lenti quando li superavi in auto, e invece viaggiavano come treni quando andavi a piedi ?

Anna fu percorsa da un brivido di paura. E se invece l'avessero investita?

Cercò di guardare al di là del guardrail, ma a parte la neve sporca, non vedeva nient'altro al buio. C'era un precipizio, o solo un campo? Le avrebbe fatto comodo una torcia tascabile, ma non ce l'aveva.

Forse sarebbe stato meglio oltrepassare il guardrail...

Come pensi di riuscirci?, le chiese una vocina interiore. Con il trolley, per giunta. Meglio rassegnarsi a convivere con la paura per tutto il tratto di strada che le restava da fare.

Un camion le passò di nuovo accanto. Stavolta la doccia che la investì fu ancora più intensa della prima. Anna cercò invano di abbassarsi, per schivare lo scroscio d'acqua, ma si ritrovò bagnata fradicia.

La rabbia che le rodeva dentro esplose all'improvviso, e gli occhi le si riempirono di lacrime. Nessuno poteva vedere la sua disperazione, né tanto meno aiutarla.

Dopo altri bagni d'acqua sporca, accompagnati da brividi

di paura, riuscì finalmente a raggiungere l'autogrill. Le luci dell'edificio si riflettevano sugli alberi innevati, creando un paesaggio simile a quello del sogno. Solo che questo non era certo un sentiero tranquillo delimitato da steccati di legno. E se fosse riuscita a raggiungere la porta, la maniglia non sarebbe stata così alta da non arrivarci. Sempre che l'autogrill fosse aperto. Magari avrebbe trovato di nuovo un barista indisponente, ma almeno avrebbe potuto prendere una barretta di cioccolato, lasciare i soldi sul bancone e mettersi tranquilla in un angolo.

Le venne in mente Paula. Invidiava l'amica dal profondo del cuore. Forse ora stava ascoltando i racconti del nonno, dopo aver consumato un buon pasto… *No, in questo momento sicuramente no,* si corresse Anna. *Adesso starà dormendo, convinta che io sia arrivata senza problemi dai miei. E domani festeggerà, mentre io sarò ancora prigioniera di questo posto dimenticato da Dio, a meno che non succeda un miracolo.*

Un energico colpo di clacson alle sue spalle la fece sobbalzare, distogliendola dai suoi pensieri. Terrorizzata, Anna si buttò da una parte, inciampando e cadendo nella neve. Sentì un rombo minaccioso passarle accanto: evidentemente l'autista del camion l'aveva vista all'ultimo istante. Del resto, non indossava un giubbotto catarifrangente.

Quando si rialzò da terra ebbe un sussulto: «La mia valigia!» esclamò mentre il sangue le ribolliva nelle vene. Con la fortuna che aveva, magari era rimasta sotto le ruote del camion.

Non appena ebbe finito di scrollarsi la neve che aveva addosso, vide che il trolley era ancora lì, sano e salvo.

Riprese il cammino mantenendosi il più a destra possibile. Il camion che per poco non l'aveva investita aveva appena parcheggiato e l'autista stava scendendo grattandosi la testa.

Anna avrebbe voluto dirgliene quattro, ma il brontolio dello stomaco le ricordò che nella vita c'erano altre priorità, come mangiare, e inoltre non era nella condizione di sprecare energie.

Finalmente entrò nell'autogrill. C'era animazione nonostante l'ora. Le ragazze dietro al bancone avevano l'aria piuttosto stanca, una di loro in quel momento stava mettendo in forno dei panini o dei dolci: un'ondata di calore si diffuse in tutto il locale.

Anna trovò un angolo per sedersi vicino alla finestra, e spinse sotto il tavolo il trolley completamente sporco e bagnato. La sua giacca non aveva certo un aspetto migliore. Dopo un'avventura del genere rabbrividiva comunque all'idea di non essere pulita e in ordine.

Si tolse la giacca e si sedette su una panca in similpelle rossa, visibilmente logora. Tirò fuori uno specchietto e si guardò: la situazione era persino più catastrofica di come se l'era immaginata. Aveva fango nei capelli e sulle guance, le lacrime le avevano rigato il viso, gli occhi arrossati erano spenti. Per non parlare delle occhiaie bluastre, testimonianza di una nottata passata in bianco. Oltre alla faccia da zombie, aveva le labbra screpolate e sporche al punto da distinguerne a malapena i contorni.

Dopo un attimo di sconforto, cercò di darsi una sistemata, strofinandosi le guance con la saliva e un tovagliolo di carta. Il volto adesso era quasi accettabile e aveva ripreso persino colore. Le labbra, però, erano rimaste screpolate, e gli occhi spenti. Niente da fare anche per i capelli.

Si appoggiò allo schienale imbottito e guardò fuori. Non c'era molto da vedere, solo le luci gialle del parcheggio, nel cui bagliore danzavano i fiocchi di neve prima di posarsi sul manto candido già aumentato di qualche centimetro.

Sentendosi completamente sola e smarrita, si sarebbe messa a piangere, ma lo stomaco che reclamava all'odore di dolci, würstel e patate fritte le fece scordare per un momento la disperazione.

Non aveva abbastanza soldi per un menù completo: doveva tenere da parte qualcosa nel caso avesse dovuto comprare un biglietto del treno o dell'autobus. Comunque, una ciambella al cioccolato e una tazzona di caffè potevano bastare a calmare i morsi della fame e ridarle un po' di energie.

Dopo aver divorato la ciambella e bevuto metà del caffè, si sentì piacevolmente sazia e stanca, ma di dormire non se ne parlava assolutamente. In un modo o nell'altro, doveva andarsene da lì.

Le cadde lo sguardo sui camionisti che, in piedi al banco, si raccontavano i loro viaggi. Poteva chiedere un passaggio a qualcuno di loro?

No, assolutamente. Non tanto perché le sembrassero tipi poco raccomandabili, ma perché temeva che guidassero tutti come quello che per poco non l'aveva investita.

Prese tempo per pensare a una soluzione; aprì la valigia e con molta cautela tirò fuori il libro di fiabe. E come per incanto si sentì improvvisamente trascinata indietro nella sua infanzia, quando tutto appariva più facile da realizzare.

Lesse la *Bella addormentata nel bosco* e *Cenerentola,* poi, continuando a sfogliare le pagine, si trovò davanti una lettera ingiallita che la signora Hallmann doveva aver dimenticato nel libro. Sulla busta di carta ruvida comparivano aloni e macchie. Non c'era né il mittente né il destinatario. Forse era servita semplicemente da segnalibro. O magari la lettera che c'era dentro non era mai stata spedita.

Cercò di tenere a freno la curiosità, ma non ci riuscì: tirò fuori la lettera, facendo attenzione a non strapparla, e cominciò a osservarla con attenzione.

Anche il foglio era pieno di macchie, e nel punto in cui era stato piegato appariva molto logoro. Quante volte doveva essere stato letto e riletto! Con estrema cautela, Anna cominciò ad aprirlo. La calligrafia apparve subito molto confusa. Sui bordi, l'inchiostro, un tempo blu, era scolorito e aveva assunto un tono marrone. Ci volle un po' prima di riuscire a decifrare quella scrittura, ma poi cominciò a leggere:

Mia carissima Gertrud,
sono al fronte ormai da tre mesi e non ho idea di quanto dovrò starci ancora. Le battaglie si stanno inasprendo e ho il timore di non rivederti più. Proprio ora che siamo a Natale si respira un'aria opprimente. Ognuno di noi vorrebbe essere con i suoi cari, e io vorrei essere con te. Non so quando riceverai questa lettera, forse a primavera inoltrata, quando il Natale sarà già un lontano ricordo. Ma voglio dirti che ti penso ogni istante, anche quando esplodono i colpi di cannone e incombe l'eventualità di morire. Ti ricordi la promessa che ci siamo scambiati lo scorso Natale? Ripenso volentieri a quei giorni di festa e il solo ricordo mi dà sollievo e speranza in mezzo a tutto il caos e il dolore. E così ci sono momenti in cui penso seriamente di fuggire da qui, ma è troppo rischioso. Quindi cerco di resistere e soprattutto di sopravvivere. Se dovessi esprimere un desiderio per questo Natale, sarebbe quello di poter tornare da te. Anzi, ce n'è un altro: che tu continui ad amarmi nonostante la distanza fra noi. Perché se c'è qualcosa che temo ancor più della morte è che tu possa smettere di amarmi.
Tanti auguri di buon Natale e felice anno nuovo, amore mio. E che sia un anno senza più guerre, in cui finalmente potremo riabbracciarci.

Con tutto il mio amore,
Kurt

Turbata da quelle parole, Anna lasciò cadere la lettera. Chi l'aveva scritta?

Che la Gertrud a cui era indirizzata fosse la signora Hallmann era fuor di dubbio, ma chi era lui? Suo marito no, perché si chiamava Werner... Purtroppo non c'era scritto dove si trovasse il soldato. Probabilmente la signora Hallmann aveva deciso di conservare la lettera in una busta anonima. O magari aveva stracciato la busta originaria nell'impazienza di leggere notizie di Kurt.

Cos'era successo? Era forse il suo amore di gioventù? O suo fratello? Almeno una data Anna ce l'aveva: 10 dicembre 1944. Dove si trovava Kurt in quel periodo? Era sopravvissuto alla guerra? Perché la signora Hallmann aveva conservato quella lettera?

Anna ripiegò il foglio con grande attenzione. Avrebbe trovato il coraggio di parlarne con la signora Hallmann che, probabilmente, aveva infilato la lettera nel libro proprio per nasconderla? Ma se le avesse chiesto qualcosa, avrebbe dovuto ammettere di averla letta. Era giusto leggere la posta indirizzata a qualcun altro? Anche se l'aveva trovata in un libro che le era stato regalato?

Le venne in mente un'altra possibilità. Forse la signora Hallmann aveva infilato apposta la lettera fra quelle pagine per farle capire che il Natale poteva essere anche qualcosa di diverso. Per farle vedere come anche nelle avversità le persone riuscissero ugualmente ad amare quel giorno di festa...

Cercò di immaginarsi il Natale di quei soldati. Avevano festeggiato nelle trincee della Seconda guerra mondiale? Avevano messo a tacere le armi almeno in quell'occasione?

In un film sulla Prima guerra mondiale Anna aveva visto che la vigilia di Natale i soldati, inglesi e tedeschi, si riunivano per cantare insieme canti natalizi, dimenticando almeno allora di essere nemici. Nemici in una guerra insensata. Era successo davvero qualcosa del genere? Anche nella Seconda guerra mondiale? Era probabile che il mittente di quella lettera avesse passato il Natale mezzo congelato nella sua buca melmosa, struggendosi dal desiderio di rivedere la sua amata. Era difficile immaginare che fossero esistiti tempi e situazioni come quella. Eppure la lettera ne era la prova schiacciante.

«Oh mio Dio!» esclamò, pensando ai soldati che congelavano in trincea.

Quando alzò gli occhi, vide tre anziane signore in piedi davanti alla porta a vetri dell'autogrill; lo sguardo un po' smarrito, sembravano cercare qualcosa o qualcuno.

«E ora che si fa?»

«Dove sono finiti?»

Le tre donne allungavano il collo, senza riuscire a intravedere quello che stavano cercando. Sui loro volti si faceva sempre più evidente lo sconcerto. Bisbigliarono tra loro qualcosa che Anna non capì, e poi presero a camminare avanti e indietro di fronte all'entrata. Cos'era successo?

Visto che nessuno se ne curava, Anna decise di andare loro incontro. Rimise la busta tra le pagine e sistemò il libro nel trolley. Poi si avvicinò alle donne.

«Scusate se mi intrometto, ma... va tutto bene?»

A una prima occhiata le fecero venire in mente tre fate di una fiaba, anche se non indossavano gli abiti adatti.

La donna più alta aveva dei riflessi lilla tra i capelli grigi, forse per un vezzo, o magari per fare *pendant* con il vestito dalle stesse sfumature. La seconda, dai capelli bianchi, portava un paio di occhiali rosa con delle lenti spesse che le ingigantivano gli occhi. Aveva una gonna a fiori rosa che le arrivava al ginocchio e calze contenitive simili a quelle della signora Hallmann. La terza indossava una giacca di lana gialla che la faceva sembrare malaticcia, ma che si abbinava ai capelli tinti di scuro, una camicetta bianca e dei pantaloni marroni attillati.

Lilla, Rosa e Ranuncolo: erano i nomi perfetti per loro.

Le tre donne smisero all'istante di fare avanti e dietro e guardarono Anna meravigliate, come se lì per lì non sapessero cosa rispondere.

«Ah, signorina, è molto gentile da parte sua preoccuparsi per noi» rispose affabile la signora Lilla. «Temo ci abbiano lasciate qui.»

«Lasciate?» le fece eco Anna, stupita.

«Sì, roba da non crederci, vero?» intervenne la signora Rosa. «Abbiamo fatto un salto alla toilette.»

«E appena siamo uscite, il bus non c'era più» aggiunse la signora Lilla schioccando le dita. «Così, in un battibaleno!»

«Stavate quindi viaggiando in bus?» chiese Anna, domandandosi come avessero fatto a non accorgersi dell'assenza di tre donne così appariscenti.

«Sì, torniamo da una gita sul mar Baltico» rispose la signora Lilla.

«Be', era un viaggio organizzato» bofonchiò la signora Rosa, mentre la signora Lilla sottovoce commentava: «È stato il peggior viaggio di tutta la mia vita!».

«Suvvia, non esageriamo, la gita al parco del Königsstuhl è stata carina!» obiettò la signora Lilla.

«Carina?» l'aggredì la signora Ranuncolo. «Ma se ci hanno fatto camminare su un sentiero ghiacciato! Se fossimo cadute, lo Stato avrebbe finalmente risparmiato sulle nostre pensioni. Forse gli organizzatori del viaggio erano degli agenti in incognito con la missione di eliminarci.»

«Che fantasia sfrenata» commentò la signora Rosa scuotendo la testa. «Certo, con quel freddo non era il caso di portarci fin là, ma non credo proprio volessero ucciderci. Potevamo anche restarcene in bus ad aspettare.»

«E poi sei stata proprio tu a voler andare su quei sentieri» rinfacciò la signora Lilla alla signora Ranuncolo, che s'incupì.

«Se proprio vogliamo accusare qualcuno sei stata tu a farci rischiare di cadere ogni volta che ti chinavi a raccogliere frammenti di gesso» disse la signora Rosa dando ragione alla signora Lilla. «Come se non si potesse comprare ovunque!»

«Peccato che nella nostra casa di riposo non ci lascino comprare il gesso!» sbottò la signora Ranuncolo. «Hanno paura che imbrattiamo il muro con qualche scritta oscena!»

«E cosa vorresti scrivere con il gesso, se non delle oscenità?» La signora Lilla alzò le folte sopracciglia con aria scettica. A quanto pare conosceva bene la sua coinquilina.

«Mi serve... per i miei nipoti» replicò la signora Ranuncolo evasiva. Ad Anna però non sfuggì il lampo malizioso negli occhi della donna. Probabilmente, appena rientrata dal viaggio si sarebbe subito dedicata ad «abbellire» la casa di riposo.

«E lei da dove viene, bella signorina?» le chiese la signora Rosa.

«Da Lipsia, però mi sono addormentata in treno e ho saltato la mia fermata. Invece che a Berlino, dove sarei dovuta scendere, mi sono risvegliata a Binz.»

«A Binz c'eravamo anche noi!» esclamò la signora Ranuncolo, abbandonando improvvisamente i suoi pensieri sull'utilizzo dei gessetti al rientro nella casa di riposo. «Un bel posto! Ci sarei rimasta volentieri, ma gli organizzatori della gita ci hanno fatto risalire subito in bus per portarci a una vendita di termocoperte. A loro interessava di più farci andare in quella squallida palestra ad ascoltare le chiacchiere insulse di quei viscidi venditori.»

«Sì, il tutto a soli diciannove euro e novantacinque centesimi, però. Pranzo incluso!» ribatté la signora Lilla, che non sembrava poi così dispiaciuta di aver dovuto abbandonare un bel luogo di villeggiatura per finire in una palestra.

«Un pranzo decisamente scarso» disse la signora Rosa, dando ora l'impressione di stare dalla parte della signora Ranuncolo. «La carne era dura, la salsa dozzinale, la verdura insipida. In confronto la cucina della casa di riposo è da ristorante di prima categoria!»

Anna non poté fare a meno di ridacchiare al pensiero delle tre signore alle prese con delle cotolette immangiabili, masticando, oltre alla carne, qualche colorita imprecazione contro gli organizzatori.

«Lasciamo perdere la cucina» obiettò la signora Lilla, che sembrava avere ancora denti sani. «Parliamo piuttosto con la nostra giovane amica. Stava andando a Berlino e invece si è ritrovata a Binz. Come ha fatto a finire in questo posto sperduto?» disse gesticolando e, stranamente, il termine «sperduto», pronunciato da lei, suonava ancora abbastanza ottimistico.

«Ho incontrato il conducente di uno spazzaneve che poi mi ha consegnata a un suo collega, che a sua volta mi ha portata fino a una stazione di servizio, Dio solo sa dove. Lì ho incontrato uno studente che mi ha dato un passaggio, ma la sua macchina si è guastata prima di raggiungere questo autogrill. Non so neppure se sia riuscito a chiamare il soccorso stradale. So solo che non arriverà presto, ecco perché sono venuta a piedi fin qui: devo trovare qualcuno che mi dia un passaggio.»

La signora Ranuncolo ascoltava il racconto di Anna a bocca aperta; evidentemente doveva sembrarle ancora più incredibile della loro disavventura. Solo quando la signora Rosa le diede una gomitata richiuse le labbra.

«Questa sì che è una bella storia!» disse la signora Lilla.

«E così neanche lei può riaccompagnarci alla casa di riposo» osservò la signora Rosa.

Anna sospirò. «No, temo proprio di no. Anch'io sto cercando qualcuno che mi dia un passaggio. Ma con la fortuna che ho non troverò proprio nessuno» disse dopo uno sguardo all'orologio dell'autogrill, che indicava le tre meno un quarto.

«Bene, allora non ci resta che aspettare insieme, no?» La signora Lilla sembrava entusiasta. «Sediamoci e cerchiamo di trovare una soluzione.»

«Ma sì... sediamoci sulla neve in attesa di congelarci definitivamente» ribatté la signora Ranuncolo, sarcastica.

«Ma sentila, tu saresti la prima a tornare dentro a scaldarti con latte e miele!» fu il commento piccato della signora Lilla.

«Via, via, abbiamo sopportato di peggio, no?» intervenne la signora Rosa sorridendo amichevolmente ad Anna. «Perché non si siede con noi, signorina, e ascolta le storie di tre vecchie signore?»

«Si annoierà a morte» obiettò la signora Ranuncolo, ma Anna scosse la testa.

«No, affatto!» E lo disse sinceramente; sapeva che esisteva di peggio che ascoltare le tre donne. E magari nel frattempo si sarebbe verificato il miracolo che tanto aspettava. Dopotutto la signora Hallmann aveva detto che i miracoli esistono...

13

Con quattro bicchieri di Irish coffee in mano, le tre signore presero posto accanto ad Anna. Complice l'effetto dell'alcol, dopo qualche sorso le sembrò di ritrovarsi dentro una fiaba, rapita da tre fate dalla voce stridula. Al bancone si erano comportate in modo civile, ma ora sembravano aver rispolverato il gusto per il battibecco mostrato fuori dall'autogrill.

«Non capisco proprio cosa te ne farai di tutte quelle termocoperte» disse la signora Lilla alla signora Rosa, indicando con disapprovazione la sua borsa stracolma.

«Vedrai quando lasceranno le finestre aperte in camera o quando quelli del turno di notte le spalancheranno apposta, dicendo che l'aria fresca fa bene!»

«Ha ragione» concordò la signora Ranuncolo. «Col turno di notte non si sa mai. A volte mi viene da pensare che li abbiano assunti per farci fuori.»

«Così parlò la donna che poco fa voleva gettarsi nella neve a capofitto» commentò la signora Lilla stizzita.

«Sono due cose completamente diverse!» obiettò la signora Ranuncolo. «Nella neve mi ci butto per mia scelta, ma se le infermiere vogliono farmi la pelle, allora tiro fuori le unghie!»

«Come siete finite in una casa di riposo?» chiese Anna dopo un altro sorso di Irish coffee. Un attimo dopo si rese conto di aver fatto una domanda davvero poco delicata: come si finisce in una casa di riposo, se non ritrovandosi vecchi e soli?

«Oh, io ci sono finita per colpa degli uomini» rispose la signora Rosa, avvicinando a sé la borsa con le termocoperte e lanciando uno sguardo piuttosto ostile alla signora Lilla. «Dopo la morte di mio marito non avevo alcuna voglia di rimanere sola, e dove avrei potuto trovare altri uomini disposti a prendersi una scarpa vecchia come me, se non in una casa di riposo?»

«Sì, come se l'istituto fosse pieno di tipi focosi» replicò la signora Ranuncolo, invelenita. «La maggior parte degli uomini o soffre di demenza senile, o ha il catetere fisso o è immobilizzata a letto. Mi pare davvero una pessima idea rinchiudersi in una casa di riposo per trovare un uomo.»

«E dove sarei dovuta andare?» ribatté la signora Rosa, offesa. «Non avevo più nessuno, vivevo da sola a casa mia. La vita all'istituto non sarà sempre rose e fiori, ma se non altro è movimentata.»

«Sì, soprattutto quando ti mollano in un autogrill in mezzo al nulla perché non ti sopportano» intervenne la signora Ranuncolo, storcendo la bocca. «E tutto questo solo perché volevamo divertirci un po'.»

Anna sorrise sotto i baffi ripensando alle «oscenità» che l'anziana signora aveva in mente di scrivere sul muro con i gessetti che aveva raccolto.

«Io, invece, non desideravo proprio finire in una casa di riposo» disse la signora Ranuncolo. «Ma i miei figli hanno ritenuto che fosse la cosa migliore per me. A dire il vero non eravamo in buoni rapporti, e anche se lo considero un gesto meschino, in un certo senso capisco perché non abbiano voluto prendersi la briga di accudirmi quando ce n'è stato bisogno. Mi hanno dato a intendere che fosse "la cosa migliore per me", e quindi mi sono rassegnata all'idea. Il primo giorno alla casa di riposo è stato il giorno più brutto della mia vita. Dappertutto c'era puzza di medicinali e di vecchi. Ho dovuto dividere la camera con una donna che urlava continuamente nel sonno. Ho pensato che sarei impazzita.»

«E come ha fatto ad ambientarsi?» chiese Anna con la pelle d'oca. Pur essendo ancora troppo giovane per pensarci, fu colta dal timore di fare quella fine, un giorno. Nella sua vita, non accettava le intromissioni di qualcuno che le imponesse la propria volontà. Forse era per questo che aveva sviluppato una vera e propria avversione per i consigli di Gerd.

«All'inizio non mi sono ambientata affatto. Quando la donna che gridava di notte è morta, il suo posto è rimasto vuoto e io ho avuto la stanza tutta per me. Era già un passo avanti, ma non mi ha fatto sentire meglio. Ero sempre sola, non facevo altro che guardare fisso fuori dalla finestra. Ma poi, un bel giorno, mi sono ricordata di nuovo com'ero da giovane. Non ero certo il tipo da rimanere chiusa in casa, anzi, sono sempre stata uno spirito libero, piena di iniziative. E così ho deciso di riprendermi la mia vita. Ho iniziato a scambiare i vassoi del cibo, i comodini, i quadri alle pareti e a sgraffignare dolci. Qualche volta ho scritto anche sui tavoli e sui muri, dando del filo da torcere alle infermiere. Ogni tanto mi hanno beccata sul fatto, ma le loro strigliate erano musica per le mie orecchie. Alla fine hanno imparato a trattarmi come un essere umano e non come un neonato. Finalmente sapevano chi ero in mezzo a tutti quei volti senza nome e con la divisa grigia. E credo alla fine di essermi guadagnata il loro rispetto.»

«Oh, e ti temono anche!» disse la signora Rosa.

«Complice anche il tuo nuovo modo di vestire» aggiunse la signora Lilla con un sorrisetto malizioso.

«E se anche fosse? Le infermiere inorridivano ogni volta che un furgone lasciava dei pacchi per me anziché consegnare i soliti omogeneizzati. Quando ne ebbero abbastanza, andarono a lamentarsi con i miei figli. Ma cosa pensavano di ottenere? Io ero in pieno possesso delle mie facoltà mentali e avevo pure il mio bel conto in banca, che non avevo alcuna intenzione di lasciar loro in eredità. Quando vennero da me, per la prima volta in tre anni, li rispedii dritti a casa. Naturalmente cercarono di farmi dichiarare incapace di intendere e di volere, però non avevano messo in conto che la loro madre non era solo una persona combattiva, ma sapeva anche essere affascinante e gentile. La commissione incaricata di esaminarmi fu impressionata positivamente dalle mie doti e quando li invitai a bere un caffè nella mia stanza, non poterono fare a meno di notare la mia vasta collezione di libri; giunsero quindi alla conclusione che per la mia età avevo una mente brillante, altro che fuori di testa.

Festeggiai la vittoria inviando ben dieci ordini d'acquisto, e ricevendo dei grossi pacchi con un nuovo televisore, un videoregistratore, un impianto stereo (fantastico a tutto volume), così che anche la vecchia signora Carlsen in fondo al corridoio potesse godersi un po' di musica. E, naturalmente, una montagna di vestiti che le infermiere cercarono di sistemare nel mio armadio già pieno zeppo. È stato un giorno davvero memorabile, e da allora riesco a sopportare meglio il dispiacere per i miei signori figli che non si fanno più vivi.»

Le tre donne si misero a ridere, e Anna con loro. In fondo era bello che dietro quella donna così stravagante si nascondesse in realtà una persona forte, giovane dentro e innamorata della vita!

Adesso mancava soltanto la storia della signora Lilla. Dopo essersi asciugata le lacrime per aver riso di gusto, si ricompose e cominciò a raccontare: «Sono entrata alla casa di riposo perché avevo paura, invecchiando, di ritrovarmi un giorno incapace di badare a me stessa. Il che è davvero curioso, perché in vita mia me la sono sempre cavata da sola. Ma poi ho avuto un ictus, e da un giorno all'altro ho perso l'uso della parola. Per quanto mi sforzassi, non riuscivo a parlare».

Anna aggrottò la fronte. La donna seduta davanti a lei forse dimostrava l'età che aveva, ma che fosse stata colpita da un ictus e avesse sofferto di afasia non se lo sarebbe mai aspettato.

«Mi guarda meravigliata, signorina?» osservò la signora Lilla. «Eppure è andata proprio così, mi ci è voluto quasi un anno prima di recuperare l'uso della parola. Le mie labbra si sforzavano di pronunciare correttamente, ma usciva fuori sempre qualcosa di diverso rispetto a ciò che volevo dire. E così, per non gravare sui miei figli, ho deciso di entrare in una casa di riposo. All'inizio non mi piaceva affatto, ma mi sono sforzata di stringere i denti e arrangiarmi, anche senza poter parlare. Per fortuna ho trovato persone che si sono prese cura di me, e i miei figli, scioccati dalla mia decisione, si sono attivati per farmi fare una terapia che mi aiutasse a parlare di nuovo. Come può vedere ci sono riuscita, e anche se di tanto in tanto mi dimentico ancora qualche parola, posso ritenermi fortunata.»

«E perché è rimasta alla casa di riposo quando si è ristabilita?» domandò Anna, convinta che delle tre la signora Lilla fosse quella più autonoma.

«Be', è un po' come a scuola. Quasi mai i bambini più grandi ti fanno giocare con loro, e anche i più piccoli non sono interessati ai giochi dei grandi. Alla casa di riposo mi sono ritrovata finalmente con persone della mia età, che mi hanno fatto sentire di nuovo giovane. Cosa che non mi capitava più da lungo tempo ormai.»

Fece un sorriso alle altre due. «E poi perché ho trovato delle amiche. Loro due forse non vorranno ammetterlo, ma le assicuro, signorina, che non è stato affatto un caso che ci abbiano lasciate qui tutte e tre. Nella nostra casa di riposo si sono incontrati tre uccelli del paradiso. Come forse avrà notato, noi non ci vestiamo da anziane, e in genere non ci comportiamo neanche come tali. In linea di massima non si cambia poi molto invecchiando. Si crede soltanto di dover cambiare, ma è sbagliato.»

Seguì qualche minuto di silenzio. Anna pensò alla signora Hallmann e alla lettera che aveva trovato poco prima. Probabilmente dentro di lei si celava ancora la giovane Gertrud che si entusiasmava a ogni lettera che il suo soldato le inviava.

Poi pensò a sua madre. Cosa ne sarebbe stato di lei una volta vecchia? Nonostante tutte le loro incomprensioni Anna era sicura che non si sarebbe sbarazzata di lei mandandola in una casa di riposo. Quanto a Gerd? Nel suo caso aveva la scusante che non era una sua responsabilità. Lui aveva fratelli e sorelle, una moglie e un figlio, Jonathan, che un giorno sarebbe diventato adulto.

A pensarci bene, la vecchiaia era un pensiero davvero angosciante. Iniziare a preoccuparsene proprio in quel frangente era fuori luogo.

«Credo che dovremmo ordinare un altro giro di caffè» disse la signora Lilla, interrompendo un silenzio quasi imbarazzante. Mentre le altre due annuivano, lei si alzò; anche Anna balzò in piedi prendendo il borsellino in mano. Non poteva permettere che quelle simpatiche pensionate si dissanguassero…

«Magari questo giro lo offro io» disse Anna, ma la signora Lilla scosse la testa.

«Non ci pensi neanche, signorina; nelle ultime ore è già

stata fin troppo sfortunata, e ora le tocca pure sorbirsi le chiacchiere di tre vecchiette. Merita un altro caffè anche solo per questo.»

Prima che Anna potesse dire che stavolta lo preferiva senza alcol, la signora Lilla era già sparita.

14

Poco dopo arrivò il secondo Irish coffee fumante. Si percepiva chiaramente l'odore alcolico; nel frattempo l'effetto del primo caffè era già svanito.

Avvolta da quella gradevole sensazione di calore, Anna dimenticò persino di cercare qualcuno che potesse darle un passaggio. Seduta in compagnia delle tre anziane signore si sentiva a suo agio. Si era dimenticata dei capelli sporchi e, nel frattempo, le si erano anche asciugati i vestiti. Sembrava che per rimuovere quelle oscene striature marroni dalla giacca bastasse semplicemente strofinarla.

Sorridente, strinse fra le mani la tazza; il calore era uno straordinario toccasana, e già dopo qualche sorso l'alcol non la disturbava più.

Le donne sembravano altrettanto rilassate. Persino la signora Ranuncolo si era addolcita. La signora Rosa aveva la punta del naso perfettamente in tinta col suo abbigliamento e la signora Lilla si era illuminata come se, proprio in quell'istante, un ricordo piacevole le fosse tornato alla mente.

«Dove sareste state a quest'ora, se foste riuscite a salire sul bus?» chiese loro Anna.

«Probabilmente a letto» fu la risposta secca della signora Ranuncolo. «A goderci quel poco riposo prima del brusco risveglio all'alba: le solite pillole da prendere entro e non oltre le sei e mezza. Se abitassi ancora a casa mia me ne starei a letto fino alle nove, mi accenderei una bella sigaretta dopo la colazione e poi mi metterei a guardare la TV.»

«La televisione puoi guardarla anche da noi!» replicò la signora Rosa con un sorriso furbo. Evidentemente conosceva già la replica dell'altra.

«Sì, insieme a quelle vecchie mummie che sembrano trafugate da non so quale museo egizio.»

«Dimentichi di essere tu stessa una mummia!»

«Io? Nient'affatto!» protestò la signora Ranuncolo.

«Sì invece, alla casa di riposo sei una mummia esattamente come tutti gli altri. Con l'unica differenza che, per essere una mummia, sei parecchio arzilla, di questo bisogna dartene atto.»

Le donne si scambiarono qualche occhiata e poi scoppiarono a ridere.

«Non è strano non sentirsi per niente vecchie quando in realtà lo siamo eccome?» disse la signora Lilla, rivolgendosi ad Anna, che non sapeva cosa rispondere. «Oddio, credo di aver posto la domanda in modo sbagliato, volevo dire: pensa di diventare una persona completamente diversa invecchiando?»

Anna ci rifletté, e fu uno sforzo non indifferente con tutto l'alcol che aveva bevuto insieme al caffè, ma alla fine riuscì a dare una risposta. «Non credo che diventerò una persona completamente diversa. Non so se sarò in grado di evitarlo.»

«È proprio questo il punto!» ribatté la signora Ranuncolo. «Non si lasci convincere, quando sarà vecchia, a indossare solo calze contenitive, ad ascoltare noiose canzonette o a guardare ridicole serie televisive. Anche quando avrà ottant'anni potrà indossare abiti stravaganti, ascoltare i Rolling Stones e vedere film d'azione.»

«I Rolling Stones?» chiese Anna stupita.

«Non credo che la nostra signorina sia una fan dei Rolling Stones, né dei Beatles» si intromise la signora Lilla.

«Ah, e chi li ascolta più!» disse la signora Ranuncolo con tono stizzito.

«Se non ho frainteso, domandandoci dove saremmo state adesso senza questo incidente di percorso, lei intendeva chiederci cosa avremmo fatto per Natale. Ebbene, le racconterò una storia» disse la signora Lilla cambiando discorso, prima che le altre si rimettessero a discutere sui loro gusti musicali.

«Ricordo ancora oggi la festa di Natale più bella della mia vita.» Mentre faceva un origami con il tovagliolo di carta, lo sguardo lontano, iniziò a inquadrare meglio il suo ricordo. «Era il 1957, ed ero incinta del mio terzo figlio, prossima a partorire.»

«Oh no, un'altra volta no, ti prego!» esclamò la signora Ranuncolo alzando gli occhi al cielo.

«Ma la nostra signorina non conosce la storia, un po' di pazienza» disse la signora Rosa in tono conciliante, mettendo la mano sul braccio dell'amica.

«Tutti credevano che avrei partorito a Natale, e anch'io ne ero convinta. Per tutta la serata guardammo con la coda dell'occhio la mia valigia per l'ospedale, pronta ormai da diversi giorni. Gli altri due miei figli allora avevano cinque e sette anni, e io sapevo bene che tutto avrebbero voluto fuorché un altro fratellino o una sorellina. Ma io ero entusiasta, soprattutto per la speranza di partorirlo a Natale. Lasciai, però, che la natura facesse il suo corso, cercando di passare il Natale rilassata e comportandomi come se fosse un giorno come gli altri. Nel frattempo stavo in ascolto per carpire ogni movimento del bambino, che però sembrava dormire. Cucinai e poi ci sedemmo a tavola per la cena, e fino a quando non ci scambiammo i regali tutto andò per il meglio. I bambini scartavano i pacchi, poi, come accade per lo più in tutte le famiglie, alla fine della serata ci addormentammo in soggiorno. *Me la sono scampata anche stavolta*, pensai mentre mi appisolavo accanto a mio marito. Ma in quel preciso istante, pochi attimi prima di addormentarmi, il bambino si fece sentire. Sulle prime credetti di aver mangiato qualcosa di indigesto, ma il mio cuore sapeva meglio del mio stomaco cosa stesse accadendo.

Mio marito era sempre più agitato di me nell'imminenza di un parto, e perciò aveva chiesto a un vicino di casa il favore di portarci all'ospedale, a una ventina di chilometri di distanza, quando fosse arrivato il momento. Appena lo svegliai, andò subito nel panico. Corse fuori in ciabatte e senza cappotto per evitare di perdere anche quei pochi secondi. Un quarto d'ora dopo era di ritorno con l'uomo che ci avrebbe accompagnati all'ospedale. Bisogna tener presente che la macchina del nostro vicino non era come quelle di oggi. Anzi, era un vecchio furgone acquistato nel dopoguerra. L'aveva fatto riparare un'infinità di volte, ma finora non gli aveva dato problemi. Io non ne ero particolarmente entusiasta, ma ci affidammo al vicino, convinti che il suo furgone ci avrebbe potuti portare persino in Siberia. Detti un'ultima occhiata ai bambini che dormivano beati, lasciai un biglietto sul tavolo della cucina e presi la valigia. Il viaggio fu scomodo, ma io non ci badai. Ero concentrata sulle contrazioni sempre più frequenti e, improvvisamente, mi stupivo di quanta fretta avesse il bambino di uscire. Mio marito se ne accorse e spronò l'uomo al volante ad accelerare. Nel frattempo gli parlava di qualsiasi cosa gli venisse in mente, di calcio, di giardinaggio, della casa che aveva intenzione di ristrutturare, dei programmi con i figli per l'estate. Non la finiva più!

Ma a un certo punto il furgone cominciò a singhiozzare, poi, con un gran botto, si fermò. L'uomo iniziò a imprecare, io mi lamentavo e mio marito aveva la faccia bianca come un cadavere. Durante la guerra, da piccolo, gli era capitato più volte di vedere una donna che dava alla luce un figlio. Lui adorava i bambini, ma farli venire al mondo con le sue mani era tutt'altra faccenda. Avrebbe preferito fare dieci giri del lago a nuoto! Cercarono di rimettere in moto il furgone. Io ero seduta sul sedile posteriore a lottare con le contrazioni. All'inizio non mi resi conto di quanto fosse grave il guasto. Solo quando mio marito risalì con un muso lungo fino ai piedi e le contrazioni mi avevano concesso una tregua, capii che quella sera nessun posto al mondo sarebbe stato irraggiungibile quanto l'ospedale.»

Anna si stava chiedendo per quale motivo fosse stata la sera più bella per la signora Lilla. Le era successa una disavventura simile alla sua, solo che lei non stava per partorire. Mentre Anna ringraziava il cielo per averle risparmiato almeno quello, la signora Lilla continuò il suo racconto.

«Mio marito era disperato, e anch'io lo ero, ma le contrazioni che andavano e venivano ridimensionavano la mia preoccupazione. Mentre coi muscoli tesi aspettavo che il dolore diminuisse, cominciai a chiedermi se alla fine avrei partorito lì, sul furgone. Il vicino, certo, non avrebbe fatto i salti di gioia, ma cos'altro potevo fare? Fuori si gelava dal freddo!

"Qui nei paraggi c'è una fattoria" disse l'uomo, che aveva capito la situazione. "Almeno lì avrà un tetto sopra la testa." Mi guardò le mani, con cui mi tenevo stretta la pancia, poi aggiunse: "E se il piccolo nasce ora, almeno non congelerà".

Il suo era un argomento convincente, ma io stavo a malapena seduta. Come avrei fatto a spostarmi? Sapevo fin troppo bene che camminare era un modo per accelerare il parto. Ma il neonato voleva già uscire! Tuttavia non avevamo altra scelta.

Quando, dopo che mi fui alzata, mi sentii sicura sulle gambe, ci incamminammo nella direzione indicata dal nostro vicino. Il percorso era piuttosto accidentato. Per fortuna in quel momento non passavano automobili.

Come Maria e Giuseppe andavamo in cerca di un riparo. Le contrazioni non mi abbandonavano e io cominciavo a temere seriamente di partorire nella neve. Ma alla fine riuscimmo a raggiungere il podere e bussammo alla porta.»

«Mancava solo la stella cometa» bofonchiò la signora Ranuncolo, irriverente.

«Quella notte non ci fu nessuna stella cometa, il cielo era coperto e dopo un po' cominciò a scendere il nevischio. Ma per riprendere il parallelo biblico, neppure noi fummo accolti a braccia aperte: non appena varcato il cancello un cane si mise ad abbaiare con ferocia. Al buio non si riusciva a vederlo, ma dimenandosi furibondo alla catena faceva ugualmente una gran paura. Ero quasi sul punto di fare marcia indietro e tornarmene al furgone; il terrore per i cani che provai allora mi è rimasto. Tuttavia mio marito mi afferrò per la manica e mi rassicurò dicendo che il cane non mi avrebbe fatto niente.

"Piuttosto gli darei in pasto il mio braccio!"

Naturalmente era esagerato da parte sua, ma in quel momento mi sentii protetta. Forse furono anche i dolori a convincermi. Mio marito mi accompagnò fino alla porta, e in effetti la catena si mantenne salda e il cane non ci raggiunse.

L'uomo che venne ad aprirci era vecchissimo, o almeno così mi sembrò allora. Ci guardò con aria torva, mentre il cane, agitato, continuava a strattonare la catena. Non sapevo di chi avere più paura, se del vecchio o del cane. Ma la cosa passò in secondo piano non appena arrivò una nuova contrazione. Mio marito non aveva ancora finito di spiegare perché fossimo lì a quell'ora di notte, che le mie grida e il mio piegarmi in due dal dolore fecero il resto. Senza dire una parola, l'uomo aprì la porta e mio marito mi portò dentro.»

Non appena sentì nominare il vecchio e la casa, ad Anna tornò in mente il sogno che aveva fatto in treno, per colpa del quale adesso si trovava lì.

«A ogni modo si scoprì che il vecchio era un pastore e che aveva dimestichezza con le nascite, almeno con quelle del bestiame. In circostanze normali la cosa mi avrebbe spaventata a morte, ma in quel momento mi sentivo come se la pancia stesse per scoppiare. Mi creda, signorina mia, in certi frangenti tutte le cose di poco conto passano in secondo piano. Mi portarono nella stanza degli ospiti – ebbene sì, ne aveva una – dove mi sono potuta distendere sul letto. Essendo al mio terzo parto, più o meno sapevo cosa c'era da fare; e in fin dei conti non si poteva arrestare il corso della natura. Poco dopo il vecchio mise a scaldare l'acqua, portò degli asciugamani e un lenzuolo. Mio marito era ancora pallido, ma anche in quel caso il pastore seppe cosa fare. Gli diede un grosso bicchiere di grappa fatta in casa, sapendo che tutto quell'alcol non solo gli avrebbe calmato la tosse, ma gli avrebbe anche evitato di svenire. Poi mi accarezzò le spalle e disse: "Ci siamo, ragazza mia".

Lì per lì non capii cosa intendesse, ma più dell'inquietante prospettiva di farmi aiutare a partorire da un perfetto sconosciuto erano i dolori a tormentarmi. Con gli altri figli le cose erano andate per le lunghe, ma questo sembrava non voler più aspettare. Feci il conto alla rovescia dei mesi e presi mentalmente nota di non fare mai più sesso nel mese di marzo. Anzi, a dirla tutta, in quel momento presi la drastica decisione di non fare mai più sesso; ma in quel momento, chiaramente, non ero in pieno possesso delle mie facoltà mentali.

Il bicchierone di grappa aveva giovato molto a mio marito che, dopo essersi ripreso dalla tosse, cambiò totalmente. Le guance e la punta del naso avevano finalmente ripreso colore, il volto si era illuminato, e quando il pastore, tornato nella stanza, gli spiegò che avrebbe dovuto assisterlo durante il parto, non fece una piega.

Comunque stavo sempre peggio, e non solo per le contrazioni o perché sentivo di essere ormai prossima al parto. A quel punto avrei dovuto allargare le gambe davanti al pastore. Con mio marito non avevo certo problemi, ma con un estraneo... "Avanti, ragazza, non comportarti come una vecchia zitella" brontolò l'uomo quando capì il mio imbarazzo. "Così com'è entrato dentro, dovrà anche uscire. E credimi, ho visto di peggio." La cosa non era affatto rassicurante, ma cosa potevo fare? Rifiutai un grosso bicchiere di grappa e mi abbandonai al destino. Mentre cercavo di spingere, mi sembrava di partecipare a una commedia dell'assurdo. La casa puzzava di pecore, dal soffitto pendevano, attaccate a un filo, le mutande rammendate del vecchio pastore e, seduti davanti a me, c'erano due uomini in ansia, uno che barcollava a causa della grappa, l'altro con lo sguardo sempre più fosco, ma solo perché quella era la sua espressione di sempre. Già, e poi finalmente il bambino nacque.»

Fece una breve pausa per dar modo alle altre di seguire il filo del discorso – o di risvegliarsi, perché la signora Ranuncolo nel frattempo aveva iniziato persino a russare. Poi disse: «E che ci crediate o no, nel momento stesso in cui ho preso mio figlio tra le braccia, non mi sono più accorta di niente: del pastore che trafficava con il cordone ombelicale, delle mutande che pendevano dal soffitto, di mio marito che per poco non era caduto dalla sedia per gli attacchi di nausea. Avevo avuto la giusta ricompensa per tutte le mie fatiche. E a un certo punto arrivò anche il nostro vicino che, avendo riparato il furgone, mi portò finalmente in ospedale».

Questa sì che era una storia a lieto fine! Anna ne era rimasta affascinata e si stava chiedendo quale ricompensa ci sarebbe stata per lei alla fine della sua lunga odissea. Nessun neonato, forse un po' di tranquillità e una bella festa. C'era qualcosa che potesse fare per ottenerla? Aveva già camminato nella neve, e chissà, forse l'attendeva un'altra marcia forzata...

Per qualche istante si immerse nelle sue riflessioni, finché la signora Ranuncolo non la distrasse in modo brusco.

«Ah, vecchia rimbambita! Giuro che se alla casa di riposo provi un'altra volta a raccontare questa storia, ti tappo la bocca con le mie mani.»

«Ti ho già detto che qui c'è qualcuno che non l'aveva sentita. A te, vecchia brontolona che non sei altro, stai pur certa che non la racconterò mai più, nemmeno se te ne dovessi dimenticare per via dell'Alzheimer.»

«Puah, l'Alzheimer mi fa paura quanto le infermiere!» replicò la signora Ranuncolo finendo il resto del caffè tutto d'un fiato.

«Che ci crediate o no, il mio più bel Natale è stato quello del 1944» spiegò la signora Rosa con voce vellutata, forse per troncare sul nascere la lite delle altre due. «Certo, c'era la guerra, e ad Amburgo ci stavano bombardando. Io, mia madre e i miei due fratelli più piccoli avevamo trovato rifugio in uno scantinato. La porta non si poteva chiudere a chiave, ma avevamo pur sempre un tetto sopra la testa. Inoltre, nelle vicinanze c'era un rifugio antiaereo: in poche parole, quella sistemazione ci sembrò ideale. Tuttavia sapevamo per certo che quell'anno non avremmo avuto un albero di Natale. Ai regali o all'arrosto non pensavamo più da tempo ormai. Mia madre, però, si era messa in testa di fare i suoi famosi gnocchi al papavero con la ricetta della nonna, originaria della Slesia. Così mi spedì da una conoscente che non solo aveva ancora una casa, ma anche una grossa scorta di semi di papavero in cantina. Quindi mi infilai il cappotto e mi misi in cammino. Strada facendo, mi imbattei in un gran mucchio di macerie, da cui la gente cercava di recuperare tutto quello che poteva. Sotto lo sguardo vigile di qualche ufficiale nazista, degli uomini stavano rimuovendo dalla strada i calcinacci. I bambini si divertivano a montarci sopra.

Dal momento che i tram non passavano spesso, mi affrettai per arrivare il prima possibile dalla zia Hilde, come chiamavo la vicina. Ero attanagliata dalla paura di un nuovo attacco aereo. Cosa avrei fatto se i bombardieri fossero arrivati proprio allora? Cosa ne sarebbe stato di mia madre e dei miei fratelli?

Perlustrai il cielo, costellato di pesanti nubi grigie, senza scorgere alcun aereo. Con il senno di poi, era un comportamento molto ingenuo, perché i bombardieri nemici si sentivano lontano un miglio, e quando li vedevi era già troppo tardi.

Per andare dalla zia Hilde passai anche davanti alla nostra vecchia casa. Al suo posto c'era un grosso mucchio di pietre annerite. Mi si strinse il cuore, perché mi tornarono in mente i Natali che avevo trascorso lì, gli gnocchi al papavero, i canti tradizionali e l'odore dei rami di abete. Ripensai alle mie amiche: chissà in quale angolo sperduto della città si erano nascoste, ammesso che fossero ancora vive. E pensai anche ai nostri vicini. Era strano preoccuparsi anche di chi si riusciva a sopportare a stento.

All'improvviso, fra le macerie spuntò un uomo. Una figura dall'aspetto trasandato, con la giacca cenciosa e un berretto sdrucito. Non indossava quello che di norma portavano gli uomini all'epoca, ma da quando erano iniziati i bombardamenti, ci si vestiva con quello che avevamo a disposizione. Ovviamente mi fece paura e avrei voluto tornare indietro, ma poi mi dissi che magari non aveva neanche più un posto dove rifugiarsi. Forse quell'uomo mi avrebbe ignorata e io me ne sarei dimenticata. Ma non mi ignorò. "Ehi, ragazzina!" mi chiamò gesticolando. Io esitai: mia madre mi aveva ammonita dal dare confidenza agli estranei. Anche se all'età di dodici anni non ero più una bambina piccola, seguii il suo consiglio e mantenni le distanze. Ma l'uomo, con il braccio fasciato al collo, mi guardava con aria talmente supplichevole che non potei fare a meno di rispondere.

"Sì?" mi rivolsi a lui, senza tuttavia abbassare la guardia e pronta eventualmente a scappare. A scuola mi avevano soprannominata "levriero", da quanto correvo veloce.

"Sai dirmi dove posso trovare la famiglia Kahl?" mi domandò con la disperazione negli occhi. "Sono stato a casa loro, ma non c'è che un cumulo di macerie."

In realtà c'erano diversi Kahl ad Amburgo. Quali cercava di preciso?

Quando glielo chiesi, cominciò a raccontarmi che sua moglie aveva tre figli, la più grande si chiamava Waltraud. Io rabbrividii sentendo pronunciare quel nome. Poi scrutai con attenzione il suo viso. Ciò che vidi mi spaventò a morte.

"Sono io Waltraud Kahl" risposi avvilita: non riuscivo a credere che quello davanti a me potesse essere mio padre. Lo avevo visto per l'ultima volta nel '39, quando si era arruolato nell'esercito. Per un lungo periodo lo avevano dato per disperso e dal '42 non avevamo più avuto sue notizie . Con noi mia madre faceva finta di credere che un giorno sarebbe tornato, ma io temevo che lo ritenesse morto ormai da tempo.

E ora eccolo lì. O almeno era quel che sembrava. Era davvero lui? Lo scrutai a fondo, percependo la sua agitazione.

Poi gli si riempirono gli occhi di lacrime. "Waltraud?" chiese, come se non avesse sentito bene. "Waltraud, nata il 3 aprile del 1932?"

Io gli feci cenno di sì con la testa.

"Ti avevo fatto un cavallo di legno come regalo di addio, ti ricordi?"

Eccome se me ne ricordavo.

Allora mi strinse così forte che non potei far niente per impedirlo. Ma il cuore mi diceva che io, uscita semplicemente in cerca di semi di papavero per gli gnocchi, in realtà avevo ritrovato mio padre.

"Dove vivete adesso?" mi domandò. Gli dissi l'indirizzo, che in realtà non era neanche quello giusto, perché le cantine non avevano il numero civico.

"E perché non sei a casa?"

"Perché devo andare dalla zia Hilde a prendere il papavero."

"Hilde Brockmann?" Mio padre si ricordava dell'amica della mamma. Questo era un buon segno.

"Ti accompagno" si offrì porgendomi la mano.

Io scossi il capo. Non ero più una bambina piccola! Attraversammo la città insieme. Ovviamente per strada mi assalirono mille dubbi. L'uomo poteva aver avuto dal mio vero padre tutte quelle informazioni sul nostro conto. Non facevo altro che scrutarlo, cercando delle somiglianze con la foto che la mamma teneva sul comodino. E ne trovai: l'arco delle sopracciglia, il naso pronunciato… e anche gli occhi erano simili a quelli della foto, ma solo per il taglio. Non erano più sorridenti come in quel ritratto. Lo stesso per le guance scavate, ora rigate di lacrime, la pelle rugosa e i capelli ingrigiti.

E se non fosse stato lui? E se fosse stato un sosia che tentava di entrare nella nostra famiglia?

La casa della zia Hilde aveva subìto qualche danno nell'ultimo bombardamento, ma stava ancora in piedi, tanto da poterci abitare. La lunga crepa nel muro appariva piuttosto inquietante, ma Hilde non faceva altro che ripetere: "La ripareremo non appena la guerra sarà finita".

Quando suonai alla porta mi chiesi se sarebbe stata in grado di affermare, senz'ombra di dubbio, che quell'uomo era davvero mio padre.

Appena aprì, restò di stucco, fece un'espressione arcigna, poi, come se avesse avuto un'illuminazione improvvisa, spalancò gli occhi.

"Santo cielo!" esclamò la zia Hilde, portandosi le mani alla bocca. "Herbert! Sei vivo!"

Mio padre annuì. Sì, ora avevo la certezza che fosse lui, e un po' mi vergognai di non averlo intuito subito, a pelle.

La zia Hilde gli gettò le braccia al collo, e io mi domandai se fossero sempre stati in buoni rapporti o se la guerra avesse cancellato eventuali dissapori. Ci fece entrare e, oltre ai semi di papavero, mi diede due confezioni di caffè e dei biscotti che aveva sottratto a una spedizione dell'esercito. Ci tenne lì quasi due ore, facendosi raccontare da mio padre tutta la sua storia: cos'era successo dopo la sua presunta scomparsa, come aveva disertato e come, in seguito a varie vicissitudini, era riuscito a tornare ad Amburgo. Troppe informazioni tutte insieme, per la mia giovane testolina. Mentre quelle parole mi creavano una grande confusione, cominciai a domandarmi cosa avrebbe detto la mamma e cosa avrebbe detto papà vedendo per la prima volta mio fratello Richard, nato quando lui era già partito per il fronte.

Fremevo perché la zia Hilde ci lasciasse andare, per di più fuori si era fatto buio e sicuramente la mamma si stava già preoccupando.

Quando alla fine ci salutammo, avevo le guance in fiamme e il cuore che batteva all'impazzata dall'emozione. Camminavo a passo svelto, pregustando la gioia di vedere che faccia avrebbe fatto la mamma. Sarebbe stato uno shock, ma quale regalo più bello di questo?

Appena arrivati, per prima cosa mi fece una bella ramanzina, poi guardò l'uomo alle mie spalle. A differenza di me, lei non ebbe dubbi, riconobbe subito mio padre, glielo lessi negli occhi. Ma perché quella reazione? Sembrò più inorridita che felice di rivederlo! Davvero aveva creduto che non sarebbe mai più tornato?

I due rimasero a osservarsi a lungo. Mi sarei aspettata che mio padre fosse deluso dell'accoglienza tutt'altro che calorosa di mia madre, ma non lo fu. Sembrava averlo messo in conto.

Alla fine gli occhi di mia madre si riempirono di lacrime. "In tutti questi anni" sussurrò "ho creduto che tu fossi morto."

E lui le rispose in tono pacato: "In tutti questi anni certe volte mi sono sentito davvero morto. E allora ho sempre pensato a voi, a te e a Waltraud e alla piccola. E ora Traude mi ha raccontato che ho un altro figlio..."

Quelle parole sciolsero definitivamente il gelo. Tra i singhiozzi, mia madre gli andò incontro e lo abbracciò. A quel punto anche lui scoppiò a piangere, e andarono avanti così per un po'.

Quell'anno festeggiammo il Natale come non mai, anche se mio padre doveva stare molto attento. Era fuggito dal suo reggimento e in città la polizia militare dava la caccia ai disertori. Ma neanche un anno dopo l'incubo era finito: e questo era il desiderio che avevo espresso la notte di Natale. E così ebbi il regalo più bello.»

Anna si asciugò una lacrima. Quella storia l'aveva commossa ancor più della precedente. E inoltre il racconto della signora Lilla le ricordava la lettera che aveva trovato nel libro. Avrebbe dovuto parlarne alla signora Hallmann, una volta rientrata a Lipsia? O forse tutto ciò avrebbe solo riaperto vecchie ferite? Che avesse anche lei una storia da raccontare? Non importava se a lieto fine o no...

«E cosa ci dici tu dei tuoi Natali?» chiese ora la signora Lilla alla signora Ranuncolo. La donna fece una faccia come se stesse per scoppiare a piangere. Sicuramente anche lei aveva ben presente la situazione di cui aveva parlato l'amica. Cosa poteva esserle capitato da sconvolgerla in quel modo?

«Oh, la cosa non interessa nessuno» si schermì. «Sono bastate le vostre storie ad annoiare la signorina.»

«Invece mi farebbe molto piacere sentire la storia del suo Natale più bello» si affrettò a correggerla Anna. «Finora le vostre storie non mi hanno annoiata affatto. Assomigliano un po' a quelle che mi racconta la mia amica, la signora Hallmann.»

«Abita a Berlino?» domandò la signora Rosa.

«No, a Lipsia. Mi prendo cura di lei perché i figli stanno molto lontano. Non vuole andare in una casa di riposo, quindi mi occupo io di fare la spesa per lei e di aiutarla con le faccende di casa.»

«La signora Hallmann è proprio fortunata» replicò la signora Ranuncolo, e per un attimo le riaffiorò sul volto tutta la rabbia per il suo soggiorno forzato nella casa di riposo. «Piacerebbe anche a me avere una ragazza carina come lei che si prendesse cura di me. Le infermiere sono sempre così irascibili.»

«Le fai arrabbiare di continuo» ribatté la signora Lilla.

«Faccio arrabbiare solo quelle che fanno arrabbiare me. È quel che si meritano.»

La signora Ranuncolo sospirò, poi disse: «Se devo dirla tutta, io ho avuto sia Natali bellissimi sia Natali terribili. Non saprei dire quale sia stato il migliore. E per quanto riguarda quelli terribili, ognuno lo è stato in modo diverso, ma di questi non intendo parlare».

«Non ci credo» disse la signora Rosa-Waltraud «che tu non abbia avuto un Natale più bello degli altri. È solo che non vuoi parlarne.»

La signora Ranuncolo fece una smorfia. Da quella espressione era facile dedurre che la sua amica aveva ragione.

«Va bene, vorrà dire che vi racconterò qualcosa» sospirò alla fine in tono conciliante. «Non mi date pace, ma non voglio passare, davanti alla ragazza, per una musona taciturna.»

Si raddrizzò sulla sedia, guardò prima a destra e poi a sinistra, come per assicurarsi che nessun altro potesse ascoltarla, e infine iniziò a raccontare.

«Il Natale che, col senno di poi, considero il più bello della mia vita è stato quello del 1992. Quell'anno i nostri figli, con i quali avevamo avuto una brutta lite, si sono rifiutati di venire da noi.»

«Ma come può essere il tuo più bel Natale?» si meravigliò la signora Lilla. «È terribile!»

«Ci sono state delle ripercussioni anche in seguito. I nostri figli hanno allontanato progressivamente da noi i nipoti. Mio marito, allora, aveva cercato di appianare le divergenze, ma i ragazzi hanno ereditato da me la testardaggine, e quindi non ci siamo più parlati. Ci eravamo preparati a festeggiare da soli, quando all'improvviso mio marito ebbe l'idea di fare un bel viaggio.

"Sul giornale ho trovato delle offerte *last-minute*" disse con fare intraprendente. "Partiamo, dài."

"E per dove?" gli chiesi.

"Che importa?" replicò con un sorrisetto. Dunque era deciso. Preparammo le valigie e, rispolverato il nostro vecchio mappamondo, cercammo di immaginarci una meta: un posto valeva l'altro. Mio marito avrebbe preferito l'Africa, ma anche ammesso di trovare un volo, sarebbe stato troppo costoso per le nostre tasche. Allora restringemmo il campo alla Spagna, alla Francia o all'Italia, isole comprese. Ai nostri figli lasciammo naturalmente un messaggio, anche se, secondo me, sarebbe stato giusto che si preoccupassero almeno un po'. Tanto non si sarebbero fatti vedere lo stesso, e ormai i regali di Natale non ce li scambiavamo più da una vita.

Il 23 dicembre ci recammo all'aeroporto con i biglietti per Lanzarote.

C'erano file lunghissime ai check-in delle varie compagnie aeree. Temendo di non fare in tempo, mio marito cominciò a farsi prendere dal panico.

"Ma Heinz" gli dissi. "Siamo in anticipo di due ore."

Alla fine arrivò il nostro turno. La giovane hostess allo sportello ci sorrise con aria affabile e ci chiese la nostra prenotazione.

"Nonna! Nonno!" sentimmo gridare a un tratto.

Mi voltai scioccata, e alle mie spalle vidi Mia, nostra nipote, correrci incontro con uno zaino.

"Ma cosa ci fai qui?" chiese attonito mio marito quando Mia gli si gettò al collo.

"Sono scappata" disse nostra nipote, abbracciando anche me. "Non ce la facevo più a casa, ho litigato con papà."

Mio figlio aveva davvero un talento naturale per rovinare le feste alla sua famiglia.

“Io volevo passare il Natale con voi, ma poi ho letto il messaggio che avete lasciato. E così ho pensato di raggiungervi al check-in prima della partenza.”

“È molto carino da parte tua” dissi io, non meno emozionata di mio marito. Solo in un secondo tempo mi resi conto di quanto era felice che avesse preferito noi ai suoi genitori. “Ma cosa intendi fare, adesso?” Mia all’epoca aveva solo quattordici anni e non aveva abbastanza soldi per permettersi un albergo o comunque un alloggio da qualche parte.

“Non ne ho idea, ma se non altro vi ho trovati!”

“Ehm, scusate, avrei bisogno di una vostra firma” ci interruppe l’addetta al check-in.

Allora mi venne un’idea. Dietro di noi qualcuno iniziava già a lamentarsi. “Ci sono anche altre persone in fila.”

Avrei avuto voglia di rispondere per le rime, e invece tenni la bocca chiusa e sfoderai il più tenero sorriso di nonna.

“Mi scusi, signorina, mi spiace darle tutto questo disturbo, ma non ci sarebbe per caso un altro posto libero sul volo per Lanzarote? Sono certa che anche a mia nipote piacerebbe visitare l’isola.”

Mia non aprì bocca e poco dopo ci avviammo verso la zona di imbarco.

Il Natale a Lanzarote è stato il più bel Natale che abbia mai passato. Siamo stati in spiaggia fino al tramonto e poi abbiamo cenato in un delizioso ristorantino. Se fosse stato il solito Natale, probabilmente avrei passato l’intera giornata in cucina, e avrei finito poi per litigare con i miei figli. Con Mia invece l’atmosfera era così rilassata, è davvero una cara ragazza. Forse mi piace anche perché mi assomiglia. Ha preso molto da me.» Sul volto della signora Ranuncolo spuntò un sorriso compiaciuto, da cui Anna capì che erano molto legate, e non solo per le affinità di carattere. Era evidente che la donna adorasse sua nipote. Poteva esserci niente di più bello?

In quel momento Anna si sentì la coscienza sporca. Forse sua madre provava gli stessi sentimenti della signora Ranuncolo, ed era possibile che anche lei si sentisse oppressa dall'assenza di dialogo, dalla lontananza e dai frequenti litigi. Un giorno avrebbe forse smesso di volerle bene? La signora Ranuncolo nominava i suoi figli quasi per abitudine, ma ormai erano diventati per lei dei perfetti estranei. Era già troppo tardi per recuperare il rapporto con sua madre? Anna si sentì profondamente triste. Come erano arrivate fino a quel punto? Aveva sempre voluto bene a sua madre, anzi, gliene voleva ancora. Eppure non riusciva ad accettare il fatto che Gerd avesse preso il posto di suo padre. Gerd, che non amava i libri, che appena poteva se ne andava in giro in pantaloncini da jogging e che cercava di fare di Jonathan un *vero* uomo. Avrebbero mai trovato un equilibrio nel loro rapporto?

«C'è speranza che recuperi un rapporto normale con i suoi figli?» chiese Anna, pensando in realtà alla propria situazione familiare. A dire il vero era già da tanto che avrebbe dovuto provare a sistemare le cose... Ma ora cominciava a cedere alla stanchezza.

«Non si dovrebbe mai abbandonare la speranza, vero?» replicò la signora Ranuncolo in tono sarcastico. «In ogni caso ho sempre avuto un ottimo rapporto con mia nipote, tutte le settimane viene a farmi visita e non si annoia a uscire a passeggio con una vecchietta. E mi dà ottime dritte su come far impazzire le infermiere. In tutta onestà, sono contenta di come vanno le cose tra noi. Non sono sola, né alla casa di riposo, né in famiglia. Mia nipote si prenderà cura di me e so che mi starà sempre vicina fino alla fine.»

«A questo non dovresti pensare» disse la signora Rosa, posandole la mano sul braccio. «Siamo ancora vive e festeggeremo questo Natale alla grande.»

«E il tuo più bel Natale, invece?» chiese la signora Lilla ad Anna. Ma lei nel frattempo si era addormentata profondamente.

15

Quando Anna si risvegliò, fuori si era fatto giorno.

«Ben risvegliata!» esclamò la voce allegra della signora Rosa, in realtà Waltraud, prova evidente che l'incontro della sera precedente non era stato un sogno. «Vuole del caffè? Gunda e Beatrix sono appena andate in bagno, io mi sono offerta di badare a lei.»

Anna si raddrizzò facendo un grande sbadiglio e stropicciandosi gli occhi. Poi si rese conto che era il 24 dicembre e che se ne stava ancora seduta in quell'autogrill dimenticato da Dio.

«Quanto ho dormito?» chiese un po' intontita.

«Ah, circa sei ore» rispose Waltraud.

«Sei ore!» Anna cercò con gli occhi l'orologio sopra al bancone. Le lancette indicavano le dieci. Davvero aveva dormito solo sei ore?

Mai più Irish coffee, si disse decisa.

«Sì, sei ore direi. Forse anche sette.»

«Ma io… devo proseguire per Berlino. Devo andare a casa…» Anna si guardò intorno. Il locale era ancora più deserto della sera prima. Probabilmente a quell'ora erano tutti in famiglia a completare l'albero di Natale e a cucinare.

Le si contorceva lo stomaco dalla rabbia.

«Mi sa che sull'autobus non si sono ancora accorti della vostra assenza» constatò, maledicendo dentro di sé gli accompagnatori della casa di riposo che non erano ancora tornati indietro. Come poteva succedere una cosa del genere in un Paese civile?

«No, sicuramente no. E siccome non abbiamo il cellulare, non possono neppure rintracciarci.» Da come la signora Rosa sorrideva soddisfatta, non si poteva dire che ne fosse particolarmente turbata. «In un modo o nell'altro faremo ritorno. E poi qui non ci manca niente. Mi creda, in tempo di guerra le cose andavano molto peggio. Qui abbiamo da mangiare, c'è il bagno e un posto per dormire. E l'autogrill non chiude mai. Non deve preoccuparsi per noi.»

La signora Rosa si guardò intorno e indicò qualcuno alle spalle di Anna.

«Forse dovrebbe chiedere un passaggio a quell'uomo laggiù: sembra si stia preparando a ripartire. Non credo che le dirà di no, in fin dei conti da questa parte dell'autostrada non può andare in altre direzioni.»

Girandosi, Anna osservò il camionista, un uomo sulla quarantina coi capelli radi e dei baffi folti e disordinati. Sembrava essere arrivato da poco, ma aveva tutta l'aria di voler ripartire appena terminata la colazione. In quel momento c'era solo il suo camion nel parcheggio. La scritta bianca su sfondo blu era seguita da un mappamondo: era il logo di un'importante azienda logistica polacca.

Anna capì di non avere altra scelta, se davvero intendeva andarsene da lì.

«Ehm... mi scusi...» si rivolse all'uomo, che la guardò stupito. Forse non capiva il tedesco? Non conoscendo il polacco, era il caso di provare con l'inglese.

Prima che ripetesse la frase in inglese, l'uomo le chiese: «Cosa posso fare per te?».

«Per caso è diretto a Berlino?»

«Vuoi un passaggio?» domandò l'uomo, dando un bel morso al suo panino.

«Sì, mi sarebbe di grande aiuto.»

O cielo, pensò Anna, *quando lo racconterò alla mamma, mi farà la predica come la prima volta che ho fatto l'autostop sul mar Baltico.*

«Non ci sono problemi. Io vado a Dresda, quindi da Berlino ci passo. Però dobbiamo sbrigarci, non ho molto tempo.»

Quello non ce l'ho neppure io, pensò Anna tirando un sospiro di sollievo. *E se fosse un depravato, potrei sempre dirgliene quattro.*

«Grazie mille, solo un attimo che prendo la valigia.»

«Fai veloce, non ho tempo da perdere.»

Anna andò subito alla panca. Nel frattempo erano tornate dal bagno anche le altre due signore.

«A quanto pare ha funzionato» constatò la signora Rosa. Le due avevano già intuito quel che era accaduto nel frattempo.

«Sì, mi darà un passaggio» rispose Anna, ma quel velo di felicità fu subito adombrato da un forte senso di colpa. «Ma che ne sarà di voi? Come farete a tornare alla casa di riposo? Certo, potrebbero anche mandare qualcuno a prendervi.»

Le tre si scambiarono occhiate complici.

«La vera questione è...» cominciò la signora Lilla, e la signora Ranuncolo proseguì: «... se vogliamo davvero tornarci...».

«Non capisco» ribatté Anna.

Al che la signora Rosa disse: «Pensi un attimo, signorina, a come sarebbe il nostro Natale alla casa di riposo. Dovremmo starcene lì sedute insieme a tutti gli altri e sorbirci degli squallidi programmi in TV, smorzando la noia con qualche scherzetto o giocando di nascosto a tombola con l'insulina.»

«A tombola con l'insulina?» Anna era sicura che quelle tre vecchiette le sarebbero mancate. Anche la signora Hallmann le avrebbe trovate simpatiche, non aveva dubbi.

«Sì, la sera della vigilia confrontiamo le nostre analisi del sangue. Chi ha la glicemia più alta vince.»

«E chi riesce con quel valore a far prendere un colpo alle infermiere vince un bonus!» fece notare la signora Ranuncolo.

«Ma i vostri figli? Dovranno pur venire a trovarvi, no?» domandò Anna senza riuscire a trattenere un sorriso compiaciuto.

«Sì, vengono alla casa di riposo per un paio d'ore, una famiglia alla volta o due per volta» rispose Waltraud. «Ma a nessuno dei nostri rampolli è mai venuto in mente di portarci a casa per Natale.»

«Ai miei no di certo» aggiunse inviperita la signora Ranuncolo. «Fatta eccezione per Mia, che però ha un lavoro impegnativo e non deve certo passare tutto il suo tempo libero con una vecchia. È anche troppo che venga a trovarmi regolarmente.»

«All'inizio eravamo tutte e tre piuttosto arrabbiate per il fatto che ci avessero abbandonate qui» disse la signora Lilla, che non avrebbe mai chiesto ai suoi figli di venirla a prendere. «Potremmo anche tenere in considerazione l'idea di cambiare casa di riposo. Ma ci divertiamo troppo insieme... no, alla fine resteremo lì.»

«Ehi, ragazza, muoviti, io devo andare!» tuonò il camionista polacco.

«Arrivo!» gridò Anna, e strinse la mano alle tre signore.

«Mi ha fatto davvero molto piacere conoscervi. Chissà, magari un giorno ci rivedremo.»

«Se tutte noi teniamo gli occhi aperti, è poco ma sicuro» replicò la signora Rosa abbracciandola. Anche le altre due la abbracciarono, la signora Ranuncolo con un certo distacco, ma era fatta così, e in realtà non aveva niente di personale contro la ragazza.

Anna fece loro un ultimo cenno di saluto, dopo di che prese il trolley e si affrettò verso l'uscita.

16

La coltre bianca si era innalzata. Ai margini del parcheggio Anna vide un veicolo che per poco non andava a sbattere contro le montagne di neve. In quella frazione di secondo si chiese se Karl Hansen e il suo collega fossero arrivati a casa sani e salvi. Poi il camionista la esortò di nuovo ad affrettarsi.

«Devo attenermi a una tabella di marcia serrata» spiegò. «Se non arrivo in tempo, la ditta dovrà pagare una multa, che sarà detratta dal mio stipendio.»

Anna si ricordò di un servizio televisivo in cui si parlava dell'enorme pressione che veniva fatta ai camionisti. Evidentemente era vero.

L'uomo salì al volo nella cabina del TIR e aprì lo sportello ad Anna.

«Dammi la valigia e poi salta su» disse, allungandole la mano.

Anna tirò su il trolley meravigliandosi dell'agilità con cui l'uomo glielo prese di mano.

L'interno del TIR sapeva di patatine, Coca-Cola, pelle e gasolio. La tappezzeria era un po' vecchia, ma Anna non ci fece molto caso.

«Ah, per la cronaca io sono Jaroslav» disse l'uomo porgendole la mano mentre lei stava finendo di allacciarsi la cintura di sicurezza.

«Anna» rispose lei. «Grazie ancora per il passaggio.»

Jaroslav si schermì con un cenno. «Figurati. Il posto non manca, e poi meglio guidare in compagnia.»

Quando il TIR imboccò l'uscita del parcheggio stava passando proprio allora uno spazzaneve con i lampeggianti accesi. Appena entrarono in autostrada, Anna guardò di sfuggita lo specchietto retrovisore in cerca dello studente della sera prima. Chissà se era riuscito a cavarsela da solo o se l'avevano riportato a Rostock con il carroattrezzi. Della macchina a bordo strada, però, nessuna traccia.

«Ti piace la musica?» le chiese Jaroslav accendendo la radio. «Questo maledetto apparecchio perde sempre la frequenza» brontolò. «Ma io la ritrovo, eh.»

Qualche attimo dopo riuscì a trovare quello che cercava.

Per Anna era un mistero come la radio riuscisse a sintonizzarsi su una stazione polacca, ma fu felice di non capire il notiziario. La musica, al contrario, era molto orecchiabile.

Strada facendo, Anna iniziò a guardarsi intorno nella cabina. Si soffermò su alcune foto in particolare. Probabilmente era la sua famiglia, da cui il lavoro lo teneva lontano anche a Natale.

«Quelle sono le mie figlie, Milena, Janka e Nina» disse Jaroslav, notando che lei le osservava; orgoglioso, le porse una di quelle foto. Le mostrò tre ragazze, due bionde e una rossa. Ridevano tutte e tre davanti alla macchina fotografica. Anna ritenne che la più grande potesse avere sette o otto anni, le altre, due e tre anni meno.

«Gran brave ragazze. Milena è quella che va meglio a scuola, ma anche le altre vanno discretamente.» Prese un'altra foto e le fece vedere una donna di bell'aspetto, dai capelli grigi, con graziosi occhi di gatto che puntavano la macchina fotografica.

«Questa è la mia Teresa. Sono già nove anni che siamo sposati.»

Ad Anna si strinse il cuore. Il fatto che l'uomo si stesse dirigendo verso sud significava che avrebbe trascorso i giorni di festa in viaggio.

«Ma non le dispiace passare la vigilia fuori casa?» chiese Anna angosciata. «Anche voi farete dei festeggiamenti, no?»

«Certamente. Ma in fondo non tutti i mali vengon per nuocere. Guadagnerò dei soldi in più con cui poter comprare un sacco di bei regali. E poi domani sarò a casa, e con il *bigos*, gli gnocchi e la grappa festeggeremo come si deve.»

La gioia dell'attesa gli illuminò il viso. Anna provò persino un po' d'invidia. E soprattutto si ritrovò a desiderare un Natale come quello del camionista, con un bel pranzo, della grappa, e con un padre innamorato di sua figlia.

«E tu invece che ci fai ancora in giro? Dovresti essere in famiglia a quest'ora.»

«In effetti era quello che avrei voluto» replicò Anna. «Solo che poi...»

D'un tratto si sentì un rumore gracchiante alla radio. Anna sussultò, poi si rese conto che erano le informazioni sul traffico che si erano sovrapposte all'emittente polacca.

Lo speaker riferì le notizie dell'ultim'ora, che Jaroslav seguì attentamente. «E infine un appello. Alla signorina Anna Wagner, probabilmente in viaggio per Berlino, è richiesto urgentemente di chiamare a casa. Ripeto, alla signorina Anna Wagner è urgentemente richiesto di chiamare a casa, oppure al numero...»

Un altro disturbo interruppe la comunicazione. Anna se ne stava lì come impietrita. A casa avevano già denunciato la sua scomparsa! Subito sentì il bisogno di riprendere fiato. La preoccupazione e la paura le attanagliavano lo stomaco. Era solo perché la stavano cercando? O era successo qualcosa? Il solo pensiero che sua madre stesse impazzendo per l'angoscia la turbò.

Avrei dovuto imparare il nuovo numero di casa a memoria, rimuginò prendendosela con se stessa. *Lo metterò in rubrica non appena avrò ricaricato il cellulare, questo è poco ma sicuro!*

«C'è qualcosa che non va?» chiese Jaroslav: evidentemente non solo era rimasta senza respiro, ma era pure sbiancata.

«Quel nome… è il mio. Sono io Anna Wagner. L'appello era rivolto a me» rispose.

«Oh, spero non sia successo niente di grave.»

«No, no, sicuramente no, credo piuttosto che la mia famiglia stia in ansia per me.»

«Perché? Non sanno che stai arrivando?»

«Il fatto è che non sanno dove sono.» Anna gli fece un breve riassunto della sua odissea, tutto d'un fiato.

L'autista la guardò con le sopracciglia alzate. Non era così sicura che avesse davvero capito tutto, ma Anna non aveva certo intenzione di ripetere. E se invece a casa fosse successo qualcosa? Al solo pensiero un brivido le scese giù per la schiena e gli occhi le si riempirono di lacrime. Perché non era partita prima? Perché non si era preoccupata di tutto per tempo?

«Stai tranquilla» disse il camionista, accarezzandole il braccio. «Ci siamo quasi. Manca poco a Berlino, se mi dici dove abiti, ti ci accompagno direttamente.»

Anna gli fece cenno di sì con la testa e si asciugò le lacrime dal viso. Forse il giorno prima non avrebbe dovuto trattenersi così a lungo da Paula. Forse avrebbe dovuto cercare subito un passaggio, invece di intrattenersi con quelle tre anziane signore.

Mentre si lambiccava il cervello, la radio continuava a trasmettere musica. Lo speaker polacco prese la parola parlando così velocemente che Anna non riuscì ad afferrare neppure le parole inglesi tra quelle polacche. Poi però arrivarono le fatidiche note che lei conosceva fin troppo bene...

«Last Christmas...»

Era talmente fuori di sé che non ebbe nemmeno la forza di fare la solita smorfia. Era già abbastanza trovarsi su quel camion, aver sentito l'appello e non aver la più pallida idea di cosa stesse succedendo a casa. Doveva anche sorbirsi a ogni tappa del viaggio quella stramaledetta canzone?

Sentendosi impotente, si abbandonò sfinita sul sedile.

Il traffico sull'autostrada non era particolarmente scorrevole, gli spargisale facevano del loro meglio, ma la neve ci metteva del tempo a sciogliersi. Le macchine davanti a loro procedevano a rilento, alcune sorpassavano coraggiosamente il TIR. Ma la maggior parte della gente guidava con prudenza. Tuttavia si stava lentamente creando un grande ingorgo.

Alcune macchine trasportavano sul tetto abeti di ogni specie. *Ma chi è che si riduce all'ultimo momento a comprarsi un albero di Natale?*, pensò Anna, scuotendo la testa. La gente, evidentemente, non capiva che quello non era il momento buono per mettersi in strada.

Una sirena la distolse bruscamente dai suoi pensieri. Nello specchietto retrovisore spuntò nel giro di poco il lampeggiante blu della polizia. O si trattava di un'ambulanza? Subito tornò ad agitarsi per via dell'appello sentito alla radio.

Poco dopo il lampeggiante era già sparito dallo specchietto, ma la macchina fu presto accanto a loro. Sulla fiancata, nella striscia verde, spiccava la scritta POLIZIA DOGANALE.

Come se non bastasse, la vettura si piazzò davanti a loro e

accese un'insegna scritta in tre lingue: SI PREGA DI SEGUIRE. Non c'erano dubbi, la polizia stava cercando Jaroslav.

Il camionista imprecò in polacco, poi si accodò alla polizia doganale.

«Maledetta polizia» brontolò, ora in tedesco, ma non si accorse che si trattava della polizia doganale, e non della stradale. «Nemmeno a Natale ci lasciano in pace! Sempre i soliti controlli! Sempre quando non c'è tempo.» Tuttavia non poteva opporsi. Se aveva commesso qualche infrazione, c'era anche il rischio che gli ritirassero la patente e che perdesse il lavoro.

Anna si chiese perché la polizia doganale fosse al lavoro anche a Natale. Ma poi si ricordò che era la vigilia. Un giorno feriale, dunque, anche se, in genere, si lavorava solo fino alle dodici. E loro dovevano ovviamente sfruttare quel giorno per richiamare all'ordine contrabbandieri e fuorilegge, in giro anche durante le festività.

Ma perché proprio il camion dove sono io? Anna diede uno sguardo assente alla radio. Era tutta colpa di quella stupida canzone? Da quando era partita per Berlino, era la terza volta che la sentiva, e ogni volta era successo qualcosa di brutto. Cosa sarebbe accaduto adesso? Per quanto avrebbero trattenuto il camionista? E lei come avrebbe fatto a proseguire il viaggio?

Si impose di stare calma. *Andrà tutto bene. Finora non ti sei lasciata abbattere da questo dannato viaggio, e non lo farai nemmeno adesso.*

Dopo aver fatto cenno al camion di dirigersi su una piazzola di sosta, il poliziotto con indosso un giubbotto di pelle imbottito e il berretto calcato sulle orecchie rosse spuntò dal lato dell'autista.

«Documenti, prego» chiese. «E il cronotachigrafo.»

Jaroslav impallidì improvvisamente: aveva la fronte imperlata di sudore.

Ad Anna venne un sospetto atroce. Che fosse un contrabbandiere? In quel caso l'avrebbero ritenuta complice e arrestata. Di peggio proprio non poteva capitarle.

Quando bussarono dal suo lato, trasalì. Si ritrovò accanto un altro poliziotto. Indossava un giaccone sopra l'uniforme, anche lui con il naso e le orecchie rossi. Controvoglia aprì lo sportello.

«E lei, signorina? È con lui o gli dà il cambio alla guida?»

Anna scosse la testa. «No, sono un'autostoppista. Jaroslav, cioè, il camionista mi ha dato un passaggio.»

«Documenti, prego!» tuonò il poliziotto. Chiunque, viaggiando con un contrabbandiere, avrebbe potuto trovare un pretesto simile.

Anna prese i documenti dal trolley. Il poliziotto li studiò con aria pensosa, poi glieli restituì.

«E dove è diretta?»

«A Berlino.» Anna rifletté se fosse il caso di raccontargli tutta quanta la storia. Probabilmente non era per niente interessato.

«Ah!» Un'esclamazione che faceva sembrare l'autostop un crimine, ancora più grave dello spaccio di droga.

«Non avevo altra scelta» balbettò lei.

«Spero sappia quanto può essere pericoloso viaggiare con degli estranei.»

Prego?, stava per replicare Anna, ma si limitò a un'espressione contratta. Sapeva benissimo che era pericoloso, ma Jaroslav le era sembrato una persona perbene, che faceva soltanto il suo lavoro. Era chiaro che il poliziotto guardava troppa televisione.

«Sì, lo so, ma quest'uomo mi ha ispirato fiducia. E non ha fatto niente di male.»

Il poliziotto la guardò con aria scettica, come per dire «Questo è ancora da vedere» e si allontanò. Ad Anna sembrava di star seduta sulle uova. Quando sarebbero ripartiti? E che ne sarebbe stato di Jaroslav? Nel frattempo lui era sceso e gesticolava freneticamente con l'altro agente. I due girarono intorno al camion per andare a controllare il carico.

Anna guardò l'orologio. Le undici e un quarto. Il suo viaggio non era durato molto. Ma perché proprio a lei tutte le sfortune?

«Il carico è a posto» disse alla fine uno dei due poliziotti, restituendo a Jaroslav i documenti. «Però non si è attenuto alle soste che doveva fare. Questo significa che non potrà proseguire il viaggio.»

«Cosa?» esclamò il camionista, andando su tutte le furie. «Non posso proseguire il viaggio? Ma io ho delle scadenze! Stasera devo essere a Dresda.» Non aggiunse che il giorno dopo avrebbe voluto festeggiare il Natale con la sua famiglia.

«Spiacente, ma le norme prevedono un tempo massimo di guida tra una sosta e l'altra. Lei ha guidato almeno sedici ore senza mai fermarsi, quindi prima di rimettersi in strada dovrà fare una sosta di almeno nove ore.»

«Ma sì che ha fatto una sosta!» intervenne Anna.

«Di mezz'ora» replicò imperterrito il poliziotto. «Questo è contro le regole.» Così dicendo si rivolse a Jaroslav che aveva uno sguardo contrito. Per fortuna né il poliziotto né Anna capirono quel che mormorava a bassa voce in polacco.

«Adesso farà una sosta come previsto dalle norme. Se si rifiuta, saremo costretti a sequestrarle il veicolo.»

«Va bene, va bene» ribatté Jaroslav, alzando le mani in segno di resa. «Farò una sosta.»

«Bene, allora porti il camion in quel parcheggio laggiù»

disse indicandogli il punto. «Dovessimo incontrarla di nuovo e riscontrare che si è allontanato dall'area di sosta prima del previsto, le faremo una multa. Per ora le basti un avvertimento.»

17

«Mi dispiace» disse Jaroslav, con la faccia contrita, quando risalì sul camion. «Adesso devo mettermi a dormire.»

«Perché la sua ditta la costringe a guidare ininterrottamente?» domandò Anna stupita. «Eppure lo sanno che in Germania vigono queste regole.»

«Per via della concorrenza» rispose lui con un'alzata di spalle. «Non otteniamo l'incarico se non garantiamo di consegnare la merce il più in fretta possibile. Ai committenti non interessa se e quante volte ci fermiamo durante il viaggio, a loro interessa quando arriviamo a destinazione.»

Anna scosse la testa. «Forse la polizia doganale dovrebbe fare dei controlli anche in certe ditte.»

«Forse, però non lo fanno. Va be', non è poi così grave, dormo e poi si riparte. Se vuoi, puoi aspettare e proseguire con me. Oppure chiedi un passaggio alla polizia.»

Dopo quella sosta forzata in effetti glielo dovevano.

Anna rifletté un istante, poi scese dal camion e andò dai poliziotti che si stavano versando del caffè da un thermos. Jaroslav mise in moto il camion e si mosse verso il parcheggio dove c'erano già altri due TIR evidentemente costretti come lui a una sosta forzata.

«Scusate» disse ai poliziotti che la guardarono un po' spaesati. «Visto che l'autista che mi dava un passaggio adesso deve dormire, potreste portarmi voi? Venite per caso da Berlino?»

Ci fu un attimo di silenzio. I due uomini si scambiarono delle occhiate perplesse e il bicchiere di caffè di uno dei due traboccò. Imprecando, l'altro riavvitò subito il tappo del thermos. Gli schizzi di caffè che raggiunsero entrambi riuscirono a scuoterli.

«Veniamo da Ludwigslust» rispose uno dei due.

Anna si domandò se il peggio dovesse ancora arrivare. Ludwigslust era molto distante da Berlino.

«Non ho nessun altro a cui chiedere un passaggio, e prima ho sentito, da un appello alla radio, che mi stanno cercando.»

Okay, penseranno di sicuro che me lo sono inventato, le sembrò di intuire dalle facce sbigottite.

«Un appello» disse un poliziotto divertito.

«Sì, se accende la radio, forse lo sente» replicò Anna, cercando di mantenere i nervi saldi. Dopotutto doveva raggiungere il suo scopo. Non nell'immediato a quanto pareva, ma prima o poi quei poliziotti sarebbero pur dovuti ripartire; sicuramente avrebbero voluto festeggiare la vigilia con le loro famiglie. A meno che... quella non fosse una pattuglia di misantropi.

I poliziotti si scambiarono altre occhiate, poi alla fine uno di loro disse: «Dobbiamo fare controlli per altre due ore circa, se è disposta ad aspettare, le daremo un passaggio non appena torniamo a Ludwigslust. Da lì potrà prendere un treno per Berlino».

Quella era una soluzione!

Anna lanciò uno sguardo a Jaroslav, condannato a una sosta di nove ore. Cominciò a sentirsi in colpa. Salire sulla macchina della polizia doganale era quasi un tradimento, come venire a patti col nemico. Ma due ore di attesa erano assai meglio di nove. E il fatto che a Ludwigslust ci fosse una stazione era perfetto. Con un po' di fortuna un treno regionale l'avrebbe portata a Berlino. E sicuramente alla stazione avrebbe trovato anche un telefono. Magari avrebbe potuto chiamare un operatore per farsi dare il numero di sua madre.

«Va bene, vengo con voi» si decise. «Solo un attimo che prendo la valigia.»

Anna sentì che la stavano seguendo con lo sguardo, ma non volle darci peso. Se nel giro di due ore si fosse trovata a Ludwigslust, avrebbe fatto ancora in tempo ad arrivare a Berlino per Natale. E lì finalmente la sua odissea sarebbe finita.

Camminando pesantemente nella neve, Anna arrivò al camion.

Jaroslav si stava accomodando nella sua cuccetta.

Dopo averle passato la valigia, disse: «Buon viaggio e... *Wesolych Swiat*!»

«*Weso...*?»

«Buon Natale in polacco!»

«Buon Natale anche a lei!» e Anna si allontanò con il suo trolley.

18

Quei controlli sembravano non finire mai. Altri quattro TIR vennero costretti a sostare nello stesso parcheggio, mentre dodici furono perquisiti.

All'interno di un camion furono trovate delle stecche di sigarette di contrabbando. Al confronto Jaroslav, che ora sonnecchiava beatamente nella sua cuccetta, se l'era cavata tutto sommato con poco.

Anna seguì le operazioni da dentro la macchina, dove i poliziotti l'avevano fatta salire per stare al caldo. Avrebbe voluto accendere la radio per sentire ancora una volta l'appello, soprattutto per segnare il numero di telefono che era stato diffuso. Ma quando ci provò, uno dei poliziotti la guardò talmente male che lei lasciò perdere immediatamente.

Ludwigslust sarebbe stata la sua salvezza, ne era certa. Magari lì c'era un negozietto, come a Binz, dove avrebbe potuto ascoltare la radio fino al momento di partire e magari fare pure una telefonata. Con tutto quello che le era capitato, pensò di essersi meritata almeno un pizzico di fortuna.

Dovrei prendere la patente, le venne in mente. *Così non sarei più legata agli orari del treno. Certo, anche la macchina potrebbe piantarmi in asso di punto in bianco, ma in quel caso chiamerei il soccorso stradale e mi farei rimorchiare fino a casa.*

Ma in quel momento, era un proposito del tutto inutile. Guardò l'orologio, i controlli stavano ormai per finire. Finalmente i poliziotti risalirono in macchina.

«Bene, possiamo ripartire» disse arzillo l'agente che prese posto al volante.

Due ore prima quei poliziotti le erano sembrati freddi e un po' ottusi; d'un tratto, erano come trasformati, visibilmente allegri al pensiero di poter far rientro a casa.

Appena ripartiti, l'uomo alla guida dell'auto accese addirittura la radio. Ogni tanto c'era qualche interferenza, ma nessuno di loro sembrò interessato a cambiare stazione. Non degnarono neppure di uno sguardo i camion che superarono in autostrada. Forse ora Jaroslav avrebbe potuto provare a ripartire. Ma tutto sommato gli conveniva restare lì dov'era e dormire. In fin dei conti la maggior parte delle regole sono fatte per impedire agli uomini di commettere delle sciocchezze.

Procedendo in direzione di Ludwigslust passarono davanti all'autogrill dove Anna aveva conosciuto le tre anziane signore. In effetti, tornare indietro era una perdita di tempo, ma la prospettiva di prendere il treno le dava tranquillità.

Nel parcheggio vide un autobus: era quello che aveva lasciato a piedi le vecchine? Sicuramente no. Chissà se le avevano dimenticate lì per sbaglio o se erano state loro a nascondersi di proposito? Chi poteva saperlo con tutte le storie che le avevano raccontato?

La radio continuava a diffondere le voci di speaker esaltati per l'arrivo del Natale; Anna non lo sopportava proprio. *Forse è tutta colpa del mio atteggiamento negativo se mi sono attirata un guaio dopo l'altro*, pensò.

Mettendo da parte dubbi e ripensamenti, si mise ad ascoltare le chiacchiere dei poliziotti.

«Quando sarò a casa, andremo a festeggiare il Natale alla fattoria dei miei. Saremo quattro famiglie in tutto.»

«Quattro famiglie?» sfuggì ad Anna, che immediatamente si rese conto che non avrebbe dovuto intromettersi. L'uomo al volante reagì in modo affabile.

«Sì, siamo quattro fratelli e ogni anno passiamo le feste tutti insieme. I nostri genitori, purtroppo, sono morti già da anni, ed è mio fratello maggiore, ora, a gestire la fattoria. La casa è talmente grande che ci entriamo tutti, comprese mogli, fidanzate, figli e nipoti. Per tre giorni di fila restiamo tutti sotto lo stesso tetto, cuciniamo insieme, parliamo, usciamo a fare passeggiate. Per me non esiste periodo più bello del Natale.»

Ad Anna quel quadretto familiare, forse un po' troppo sdolcinato, riscaldò comunque il cuore. Doveva esser bello andare d'amore e d'accordo con la famiglia al completo. Prima o poi anche lei e Jonathan avrebbero festeggiato il Natale insieme, con tutti i familiari acquisiti negli anni? Per una volta se lo augurò!

«Domani andrò con mia moglie e i miei figli da mia suocera» disse l'uomo seduto davanti sul sedile del passeggero.

«A Natale la vecchia strega non è poi così male. Certo, mi rinfaccerà per l'ennesima volta che non ho fatto carriera, ma si addolcirà dopo qualche bicchierino del suo amatissimo Sherry. E poi un pregio bisogna pur riconoscerglielo: la sua anatra ripiena è davvero squisita! E il suo secondo marito è un tipo simpatico, usciamo sempre a fumarci una sigaretta quando dentro l'aria si fa troppo pesante.»

«Noi invece ci rinchiuderemo in casa e non apriremo proprio a nessuno» annunciò il terzo. «Finalmente a letto con la mia fidanzata per ore e ore!»

«Faresti meglio a procurarti qualche pilloletta blu!» lo prese in giro il collega dalla famiglia numerosa.

«Non ne ho bisogno, quando non sono stressato!» rispose l'uomo facendo l'occhiolino ad Anna, seduta accanto a lui. Solo in quel momento la ragazza si accorse che in realtà non era poi così vecchio come si era immaginata. «E state pur certi che né io né lei alzeremo un dito in cucina, ordineremo qualcosa di pronto.»

«Be', allora fatti dare un'altra divisa, di una taglia più grande» lo provocò il collega seduto davanti, ma il giovane poliziotto non ci badò.

«Non preoccuparti, faremo abbastanza movimento da bruciare tutte quelle calorie» rispose. Gli altri due lo bersagliarono di fischi. Anna rideva sotto i baffi.

Alla fine raggiunsero Ludwigslust.

«Ma dov'è il castello?» chiese Anna. Una cosa conosceva di Ludwigslust: il castello, che compariva spesso sui dépliant di viaggi.

«È nel centro storico. Ma la strada più breve per la stazione è questa, e lei vorrà sicuramente arrivare a casa il prima possibile, no?»

Anna fece cenno di sì con la testa, e quando la macchina si fermò, augurò a tutti buon Natale e prese la valigia dal portabagagli. Solo in quel momento si rese conto di quanto fosse malridotto il suo trolley. Nessun altro viaggio avrebbe potuto ridurlo peggio di così! Chissà se almeno la sua amica Paula avrebbe creduto a quell'avventura rocambolesca.

Entrata nella stazione, Anna si sentì subito sollevata vedendo un negozietto ancora aperto. Il suo stomaco iniziò a brontolare alla vista dei panini dietro al vetro del banco. Il loro aspetto non era certo dei più invitanti, ma con la fame che aveva si sarebbe accontentata di qualunque cosa.

Tuttavia, prima doveva procurarsi il biglietto per Berlino.

Si avvicinò al tabellone con gli orari delle partenze. Il primo treno con fermata a Berlino sarebbe partito alle 14:48. Mancava ancora mezz'ora. Raggiunse il distributore automatico di biglietti e digitò sul touchscreen: non accadde niente. Aveva le mani troppo fredde? Le sfregò per riscaldarle, e riprovò: ancora niente. Perché quello stupido distributore doveva smettere di funzionare proprio allora?

«Signorina...» qualcuno si rivolse a lei.

Anna si girò. Una donna piuttosto robusta, con indosso la divisa delle ferrovie, le fece un cenno. «Non funziona, il *taccescrin* non funziona.»

Quello lo aveva notato anche lei. E allora?

«Mi serve un biglietto» spiegò Anna, come se non fosse già abbastanza evidente. «Posso comprarlo da qualche altra parte?»

«Sì, là dentro, la signora alla cassa gliene venderà uno.»

Dopo aver lanciato un'ultima occhiataccia al distributore automatico, Anna si affrettò a raggiungere il negozietto.

«Grazie» disse alla donna corpulenta, trascinandosi dietro il suo trolley.

Dentro al negozio, fu travolta dalla musica trasmessa alla radio. Ma non da una musica qualunque! Si trattava di... *Last Christmas*, e anche se era quasi finita, Anna si irrigidì all'istante. Ancora... Cos'altro andrà storto adesso? Oppure la maledizione vale solo quando la si ascolta tutta?

Non c'era una grande scelta di dolci e panini, ma le venne ugualmente l'acquolina in bocca. Della commessa, tuttavia, nessuna traccia.

Impaziente, Anna si dondolava spostando il peso del corpo da una gamba all'altra. A dire il vero aveva ancora parecchio tempo; e se la donna era alla toilette e le cose fossero andate per le lunghe?

Poi dalla tenda dietro al bancone spuntò a un tratto una giovane donna, allegra e sorridente.

«Desidera?»

«Ehm… vorrei un biglietto per Berlino. Il distributore automatico è guasto.»

La giovane donna annuì. «Sì, e già tre giorni. Abbiamo chiamato un tecnico, ma ci vorrà del tempo prima che arrivi. Per fortuna i biglietti possiamo distribuirli anche da qui. Che treno vuole prendere?»

«Quale parte prima?»

«C'è un regionale. Il biglietto è anche fra i più economici.»

«Allora prendo quello.» Poi aggiunse: «Prendo anche un panino e un caffè».

«Quarantadue e cinquanta.»

Anna guardò spaventata l'ultima monetina che le rimaneva nel borsellino, poi si ricordò di avere ancora dei soldi sul conto. O almeno lo sperava.

La donna prese la carta di credito e gliela restituì poco dopo con la ricevuta e una penna.

Vista la sua solita fortuna, Anna si sarebbe aspettata che la carta desse errore di connessione o che non ci fossero più soldi sul conto, e invece…

Sarebbe finalmente sfuggita alla maledizione di *Last Christmas*?

Evidentemente sì, perché poco dopo uscì dal negozio col biglietto in tasca, un panino e un caffè.

Nel frattempo era arrivato un treno da Berlino e, nella gran confusione di chi scendeva e di chi si precipitava a salire, qualcuno la urtò facendole rovesciare il caffè dal bicchiere. Gli schizzi le arrivarono sui pantaloni, sulla valigia, sulla giacca e persino in faccia!

Anna si guardò intorno furiosa.

«Idiota» bofonchiò.

Quando poi si guardò addosso, si rese conto che non poteva assolutamente salire sul treno conciata in quel modo. Doveva almeno ripulire la giacca e la valigia. L'orologio della stazione indicava ancora quindici minuti all'arrivo del treno. Le sarebbero bastati. Senza pensarci due volte, si precipitò alla toilette. Fortunatamente non c'era nessuno, quindi niente file.

Quando si vide allo specchio, le prese un colpo. Ma era proprio lei in quelle condizioni? Capelli arruffati, vestiti sporchi e gran brutte occhiaie. Dopo essere andata in bagno, prese dei fazzoletti di carta e aprì il rubinetto. Un forte getto d'acqua la investì all'improvviso.

Spaventata, Anna fece un balzo all'indietro. Quando poi si spostò di lato per asciugarsi il viso, vide che il rubinetto si era era rotto.

Perché tutte a me?, si chiese, strizzandosi i capelli. *Perché sei un Grinch,* fu la risposta immediata. *E perché, a quanto pare, il Natale ti odia più di quanto tu possa odiare lui.*

Stava per abbandonarsi all'autocommiserazione, quando sentì un rimbombo cupo seguito da un annuncio. Capì a stento le ultime parole, e si agitò sentendo pronunciare «Berlino». Non poteva essere. Era già passato un quarto d'ora da quando era entrata alla toilette! Afferrò il trolley e, lasciando scorrere l'acqua dal rubinetto, scappò via.

«Aspettate, vi prego» implorava, correndo verso il binario con il trolley.

Non aveva ancora raggiunto il sottopassaggio quando udì un fischio acuto seguito dal rumore del treno che partiva.

Anna continuò la sua corsa disperata fin tanto che non si arrese all'evidenza. Ansimante, si fermò e sbatté infuriata un piede a terra vedendo il capostazione che aveva appena rimesso il fischietto nel taschino della giacca.

Su tutte le furie, gli andò incontro per protestare. «Perché è già partito?» lo aggredì Anna. «Mancavano ancora dieci minuti!»

«Non capisco...» replicò l'uomo, sconcertato.

«Sì, quando sono andata alla toilette l'orologio della stazione indicava che mancavano ancora dieci minuti all'arrivo del mio treno! E io non mi sono avviata al binario in ritardo!»

«Ehm, be' sì, immagino si riferisca all'orologio all'interno della stazione...» balbettò il capostazione, arrossendo. «Temo che sia indietro» spiegò, accennando all'orologio sulla pensilina.

Anna constatò che aveva ragione. Le lancette indicavano proprio le 14:52. Allora si trovava davvero in un brutto film e si rimproverò la pessima abitudine di non portare l'orologio da polso. «Com'è possibile che l'orologio della stazione non segni l'ora giusta?» si infervorò. «La gente ci fa affidamento!»

«Be', la maggior parte della gente porta l'orologio o guarda l'ora sul cellulare. E poi l'ora giusta è indicata anche sul distributore automatico di biglietti.»

«Che è guasto!» esclamò Anna, spazientita e con le lacrime agli occhi. Ma era troppo stanca per mettersi a piangere. «Quello stupido *touchscreen* non funziona!»

«Mi dispiace, temo di non poterla aiutare» si scusò il capostazione.

Anna era sul punto di svenire.

«Può prendere il prossimo treno, fra tre ore ne parte un altro.»

Tre ore! Doveva resistere altre tre ore dentro la stazione?

«E ora mi scusi, ho da fare.» Prima ancora che potesse replicare, l'impiegato delle ferrovie se n'era già andato.

Anna si accasciò sul suo trolley.
«Merda» si lamentò. «Merda, merda, merda!»
Dopo essersi un po' ripresa dalla corsa forsennata verso il treno, si guardò e scoppiò a piangere.

19

Anna pianse a dirotto pensando alle sue ultime disavventure, poi sentì che tutta la rabbia covata dentro cominciava pian piano a svanire. Il freddo la convinse a entrare nella stazione; ci mancava solo che si ammalasse proprio a Natale.

Smise di piangere, si alzò, asciugandosi il viso, e prese la valigia. In fin dei conti c'erano altri treni diretti a Berlino. E poi cos'erano mai altre tre ore di attesa. Il prossimo treno lo avrebbe aspettato fin da subito sul binario. Intanto, perché non approfittarne per darsi una bella sistemata e cambiarsi?

Rianimata, tornò al binario affollato di gente. La guardavano come fosse una barbona, ma Anna cercò di non farci caso. *Ce la posso fare*, disse fra sé. *Riuscirò ad arrivare in tempo per festeggiare il Natale con Jonathan.* Le spuntò persino un sorriso sulle labbra.

Tornò alla toilette, dove l'acqua continuava a scrosciare dal rubinetto rotto. Decise allora di imbucarsi nella toilette degli uomini per evitare di bagnarsi un'altra volta. Per evitare ogni possibile imbarazzo si chiuse a chiave nel bagno, e lì iniziò a togliersi i vestiti sporchi. Prima di quell'incidente non aveva avuto occasione di cambiarsi. Al posto del maglione e dei jeans sporchi indossò dei pantaloni scuri e una camicetta, poi esaminò la giacca. Era ancora umida, ma il forte getto d'acqua aveva portato via le macchie di caffè. Le bastava stare un altro po' dentro la stazione per farla asciugare definitivamente e non sembrare più una barbona.

Per i capelli, invece, non c'era nulla da fare: non c'era modo di asciugarli. Li raccolse quindi in una crocchia, poi con dei fazzoletti ripulì le punte delle scarpe. Alla fine si sentì un po' meglio.

Un uomo con una giacca a vento scura entrò nella toilette e la guardò sorpreso. Anna gli sorrise e diede un'ultima occhiata allo specchio. Sì, adesso era passabile, e finalmente poteva uscire.

Seduta su una panchina, si mise a osservare le persone che le passavano accanto trafelate e che, probabilmente, una volta a casa, si sarebbero rilassate ritrovando il sorriso. E lei invece? A parte i chilometri che ancora la separavano da Berlino, era contenta?

Sì, era contenta: contenta di essere quasi in dirittura di arrivo e di poter finalmente rivedere Jonathan...

«Mi scusi!» si sentì chiamare. Era la donna del punto di ristoro. Anna si girò di scatto. E ora cos'altro c'era? Il destino non voleva proprio lasciarla in pace?

«Sì?» rispose Anna un po' confusa.

«Prima ha pagato con carta di credito e quindi ho letto il suo nome.»

«Problemi con la carta?» Terrorizzata, Anna si chiese se avesse ancora abbastanza denaro sul conto.

«No, con la carta è tutto a posto, ma il suo nome... Lei è Anna Wagner e prima ha comprato un biglietto per Berlino...» continuò la donna, arrossendo. «Ho appena sentito un appello alla radio e ho pensato che forse poteva essere lei la persona di cui parlavano.»

«Sì, sono io, l'appello è rivolto a me, l'ho già sentito prima» replicò Anna.

«Oh» fece la donna imbarazzata, porgendole un foglietto. «Ecco, ho scritto qui il numero da chiamare. Spero non sia successo niente di grave.»

«Grazie.»

«Non mi deve ringraziare» ribatté la donna.

Era già sul punto di andar via quando Anna le chiese: «Mi scusi, non è che potrei telefonare dal suo negozio?».

La donna sorrise. «Certamente, venga!»

Il numero che le aveva dato era di una stazione di polizia di Berlino, quello del distretto dove abitava sua madre. Col cuore in gola, Anna si presentò all'operatore: «Salve, sono Anna Wagner, chiamo per l'appello».

In quell'istante si vide scorrere davanti agli occhi tutta una serie di scenari, uno più terrificante dell'altro. C'era stato un incidente? La casa era andata a fuoco?

«Allora cos'è successo? I miei genitori stanno bene? E mio fratello?» chiese Anna senza neanche riprendere fiato tra una domanda e l'altra.

«No, non è successo niente. Piuttosto come sta lei e dove si trova?» ribatté l'uomo al telefono. «Oggi è arrivata una denuncia di scomparsa da parte di un certo Gerd Dressler. Diceva che lei avrebbe dovuto essere in viaggio per Berlino, ma che non è mai arrivata a casa.»

Era stato il patrigno a denunciare la sua scomparsa? Questo non se lo sarebbe mai aspettato.

«Mi sono addormentata sul treno per Berlino e per sbaglio sono finita a Binz.» Alla fine aveva perso il conto di tutte le volte che aveva dovuto raccontare di nuovo la solita storia. Ma l'essenziale era che non fosse successo niente di irreparabile.

«E perché non si è fatta viva con la sua famiglia? I suo genitori sono molto preoccupati!»

In preda all'agitazione, Anna raccontò tutto quello che le era capitato. «Può darmi gentilmente il numero, così chiamo subito a casa?»

«Sì, ma non perda tempo, d'accordo? Non tenga la sua famiglia in ansia.»

«Be', non era certo questa la mia intenzione. Anzi, ne avrei fatto volentieri a meno.»

Seguì un silenzio imbarazzante. Era caduta la linea? Con la fortuna che aveva, tutto era possibile… Qualche attimo dopo l'operatore riprese a parlare. «Attenda che le do il numero.»

Non avendo una penna a portata di mano, Anna prese da una tasca del trolley la matita per gli occhi e scrisse il numero su un fazzoletto di carta. Era la prima volta che lo sentiva. In effetti avrebbe dovuto chiamare ogni tanto.

Dopo aver augurato buon Natale all'operatore, riattaccò per chiamare subito sua madre.

Aveva i crampi allo stomaco e il batticuore. Cosa avrebbe detto la mamma? L'avrebbe rimproverata o avrebbe pianto? E lei come l'avrebbe convinta che si era trattato di una serie di disavventure? Adesso provava vergogna per essersi sentita sollevata quando aveva trovato la chiamata persa della madre.

A ogni squillo raccoglieva forze per affrontarla. Temeva che fosse Gerd a rispondere; senz'altro l'avrebbe accusata di essersi inventata tutto per evitare di festeggiare con loro. Avrebbero finito per discutere e litigare, Anna gli avrebbe riattaccato il telefono in faccia e se ne sarebbe tornata immediatamente a Lipsia.

Un momento, no, l'ho promesso a Jonathan, disse fra sé. *Non intendo deluderlo, per nessuna ragione al mondo.*

Quando però, dopo una lunga attesa, nessuno rispose, Anna si sentì scoraggiata e riappese. Non c'era nessuno. Che fossero andati a cercarla? Magari fino a Lipsia?

«Allora, tutto sistemato?» chiese la donna, facendo timidamente capolino sulla porta.

«Sì, tutto okay» replicò Anna, un po' sollevata, ma pur sempre in ansia.

«Mi auguro non fosse niente di grave.»

Anna scosse la testa. E anche la donna sembrò più tranquilla.

«No, va tutto bene, è solo che mi avevano data per dispersa, ma ora è tutto chiarito.»

«Che ne dice di un caffè per riprendersi dallo spavento?» e aggiunse: «E poi vada a casa, è Natale».

20

Qualche minuto dopo Anna era ancora seduta con il suo caffè e dei biscotti al cioccolato accanto allo scaffale dei giornali.

I pochi che ancora entravano le lanciavano qualche sguardo interrogativo. Un cagnolino parcheggiato davanti al bancone la guardava con la testa di traverso, puntando forse i suoi biscotti. Ma Anna li divorò fino all'ultima briciola e, come se avesse bevuto una pozione magica, si sentì subito molto meglio.

Ora che le rimanevano altre due ore prima della partenza del prossimo treno, decise di non approfittarsi del buon cuore della commessa, chiedendole ancora una volta il permesso di usare il telefono. Preferì andare a farsi un giro in città e cercare una cabina telefonica. A quell'ora ormai il castello era sicuramente chiuso, ma forse c'erano altre cose interessanti da vedere a Ludwigslust.

Finito il caffè augurò alla commessa buon Natale e uscì dal negozietto.

Diede uno sguardo all'orologio della stazione che le aveva fatto perdere il treno e pensò alla signora Hallmann, a quell'ora sicuramente già con figli e nipoti, e a Paula, che ascoltava le storie del nonno e rifletteva se accettare o no la proposta di matrimonio del suo fidanzato.

Concentrarsi sulle persone a lei care le fece tornare il sorriso.

Sulla città incombeva un cielo plumbeo, che qua e là lasciava filtrare qualche timido raggio di sole. L'aria era piuttosto fredda e la neve le scricchiolava sotto i piedi. Qualche fiocco cadeva leggero dal cielo. Quella notte sarebbe nevicato quanto il giorno prima?

Il giorno prima... ad Anna sembrava che fosse passato un anno intero e non un solo giorno da quando era venuta via da casa di Paula. Un giorno pieno di un numero impressionante di avvenimenti. Stentava ancora a crederci.

Ma nonostante la stanchezza e il morale a terra, Anna ce l'avrebbe fatta a godersi il Natale con il fratellino, ormai mancava poco, doveva resistere.

Si era appena allontanata dalla stazione quando notò nel parcheggio sul retro un furgone Volkswagen dai colori sgargianti, tipico degli anni Settanta. Sulle fiancate c'erano dei motivi floreali dipinti, mentre un grosso simbolo della pace spiccava sul lunotto. In mezzo a tutte quelle decorazioni la targa di Berlino si vedeva appena.

Mentre guardava il veicolo affascinata, a un tratto qualcuno spuntò da dietro.

«I puffi!» gridò nel panico. «Sono dappertutto!»

Anna pensò di non vederci bene. Quel ragazzo magro, più o meno della sua età, indossava dei pantaloncini gialli a fiori celesti e per il resto era a torso nudo. Chi era quel pazzo che con un freddo del genere andava in giro mezzo nudo? E cosa andava blaterando sui puffi?

«Ehi, Piet, torna qui, o ti prenderai una polmonite!» gridò qualcun altro. Il ragazzo che si mise a rincorrere l'amico a torso nudo era vestito in modo decisamente più adatto alla stagione; aveva i capelli biondi rasta legati sulla nuca con un nastro colorato.

«I puffi, i puffi!» continuava a gridare il primo, dando l'impressione di non accorgersi neanche della neve che gli cadeva addosso.

Anna rabbrividì ancora di più non appena si accorse che portava le infradito. Aveva perso la testa? Non c'era altra spiegazione.

Probabilmente si sarebbe preso una bella polmonite, se il ragazzo con i capelli rasta non l'avesse afferrato un attimo dopo. Lo gettò a terra ed entrambi rotolarono nella neve, poi il rasta aiutò l'altro a tirarsi su in piedi.

«Qui non ci sono puffi, Piet, non avresti dovuto fumarti quella roba.»

«I puffi sono laggiù, non li vedi?» continuava a gridare l'altro in preda al panico. «Sono dietro quella macchina!»

«No, non ci sono. Può dirtelo anche lei.»

Tirata in ballo, Anna si sentì imbarazzata per essere stata lì tutto il tempo a osservarli.

«Certo, non ci sono puffi qui» disse, quando il ragazzo rasta la guardò con aria supplichevole. «Posso aiutarvi in qualche modo? Avete per caso bisogno di un'ambulanza?»

Il ragazzo rasta scosse la testa. «No, Piet ha fumato di nuovo l'erba che suo cugino ha coltivato. Ci siamo accorti solo ora che se l'era portata dietro. Ha reagito così anche la prima volta.»

«Intendi dire che vede davvero...» Anna si guardò bene dal nominare i puffi, non voleva certo ricordare al tipo in pantaloni corti i suoi presunti persecutori. «... Non vedo niente di blu...»

«I puffi!» gridò quello, mentre il rasta lo trascinava via con sé.

«Sì, li vede, ma tra poco passerà tutto. Grazie per il tuo aiuto, ora devo riportarlo dentro!»

Anna guardò i due che si allontanavano. Era davvero tutto a posto? Non era normale vedere puffi ovunque dopo aver fumato chissà quale tipo di erba.

Trascinò il trolley fino al furgone, che in mezzo al grigiore delle case circostanti spiccava come un pupazzo di neve in spiaggia. Non c'era nessuno a bordo, eppure Anna rimase lì impalata a guardare i motivi floreali che, invece che con le bombolette spray, erano stati dipinti a mano, e visti da vicino mostravano più particolari di quanto si potesse immaginare. Notò la manina che spuntava da dietro un tulipano, la testa di una ragazzina piegata sotto la foglia di un fiore, un cono gelato nascosto tra le foglie in attesa che qualcuno lo scoprisse. Ogni singolo centimetro della carrozzeria raccontava un sacco di storie che aspettavano solo di essere scritte. Si vedeva che ci avevano messo degli anni a dipingerlo, e che le mani erano diverse. Magari tutti i passeggeri del bus si erano messi all'opera...

«Oh, ciao, sei sempre qui!» sentì dire all'improvviso. Spaventata, Anna alzò gli occhi e si trovò davanti il ragazzo rasta con i capelli biondi.

«Ciao» rispose un po' confusa. «Io... io volevo solo vedere il furgone da vicino.»

«Spero che tu non sia della squadra antidroga.» Il suo sorriso malizioso, incorniciato da una barbetta di qualche giorno, gli dava proprio l'aria del surfista, cosa che glielo rese particolarmente attraente.

Anna negò scuotendo la testa.

«Bene, allora non dobbiamo preoccuparci...» Il rasta alzò le sopracciglia in attesa di conferma.

«No, però vi consiglio di gettare quella roba nei rifiuti speciali. Bruciarla o gettarla nel water credo non sarebbe una buona idea.»

«Hai ragione, pensa un po', la vigilia di Natale tutti gli abitanti di questa città tormentati dai puffi.»

In realtà non era poi così divertente, ma l'idea di gente che correva di qua e di là credendo di essere inseguita da personaggi dei cartoni animati la fece sorridere.

«Forse ognuno ha allucinazioni diverse. Magari c'è chi vede gli elfi, chi gli unicorni, chi gli asini volanti.»

«No, sono abbastanza sicuro che quest'erba faccia vedere i puffi.»

Anna ridacchiava e anche il rasta non la finiva più di sghignazzare.

«Avete un gran bel furgone, è così... colorato.»

«Lo abbiamo dipinto io e i miei amici. In realtà era blu scuro, e noi gli abbiamo dato un tocco di colore.»

«E vi è riuscito bene.»

«Comunque io sono Micha, e tu?» Era di buon umore, come si poteva intuire dal sorriso raggiante. Anna avrebbe pensato d'incontrare un tipo del genere su qualche spiaggia assolata, non certo su un furgone a Ludwigslust.

«Anna» rispose lei.

«E qual buon vento ti porta, Anna? Hai l'aria di una che sta per partire, o che è appena tornata da un viaggio.»

«A dire il vero è da ieri che sono in viaggio, e per una serie di motivi non sono ancora riuscita ad arrivare a destinazione.»

«Una viaggiatrice irrequieta. Come Jack Kerouac.»

Ora aveva anche lo spunto per una vera conversazione. «Hai letto *Sulla strada*?» gli domandò.

«Certo. Anche se ha viaggiato in un'altra epoca, si sarà sentito sicuramente come noi adesso.»

Di nuovo quel sorriso irresistibile. Anna non sapeva se era per quello che si sentiva così attratta dal ragazzo o se era per Kerouac.

«Noi andiamo a sud» disse poi. «Se vuoi, puoi unirti a noi.»

«Se passate da Berlino...»

«Sì» replicò Micha. «Allora, cosa ne dici? Pronta per un'altra avventura? Ovviamente senza erba e senza puffi.»

In realtà, Anna aveva solo voglia di arrivare a casa, dunque si limitò a dire: «Sì, sono pronta. Sempre che il tuo amico non dia di nuovo i numeri.»

«Dormirà come un sasso fino a casa.»

Sorridente, Micha ammiccò con i suoi occhi azzurri e poi si voltò. «Ehi, Clarissa, apri lo sportello per far salire la nostra ospite. Si è offerta di darci una mano a sorvegliare Piet!»

Un po' delusa, Anna constatò che c'era altra gente seduta nel furgone. *Be', cosa ti aspettavi?*, la rimproverò una vocina nella testa.

Lo sportello laterale si aprì e di lì si affacciò una ragazza carina dai capelli castani. «Ciao!» disse, mentre Anna notava gli occhi verdi, segnati dalla stanchezza. Si vedeva che non aveva dormito affatto.

In un primo momento Anna pensò che fosse la fidanzata del tipo da surf, poi vide che c'erano altri due ragazzi sul bus. Piet, quello con la fissa dei puffi, era avvolto in una coperta spessa, un'altro ragazzo era appoggiato al finestrino e la osservava con sguardo distaccato, e infine ce n'era un altro ancora, che Anna da fuori non aveva notato, addormentato sul sedile del passeggero.

Avvicinandosi, Anna sentì un odore che le ricordò lo studentato. Forse non aveva fumato l'erba dei puffi, ma qualcos'altro di sicuro...

Prima che si rendesse conto di cosa potesse trattarsi, Clarissa le disse: «Sali. Partiamo subito».

Anna tirò su la valigia e si mise a sedere su uno dei sedili liberi.

«Io sono Clarissa, lui è Jason e quel poltrone là davanti, che in realtà dovrebbe essere il secondo autista, è Max.»

Anna salutò con un cenno tutti quanti e poi si presentò.

«Noi veniamo dal mar Baltico» disse Clarissa con gli occhi pesanti. «Abbiamo trovato tanta di quella neve!»

«Sì, lo so» rispose Anna. «Anch'io vengo da lì.»

«Ah, davvero?» chiese la ragazza, alzando le sopracciglia un po' sorpresa.

«Sì, vengo da Binz. Oddio, in realtà ero diretta a Berlino.»

«Come ci sei finita qui, se volevi andare a Berlino?» chiese Jason, dopo aver dato un tiro alla sigaretta da cui arrivava quello strano odore che aleggiava nel furgone.

Anna fece un respiro profondo. Detestava l'idea di dover ripetere da capo tutta quanta la storia, anche perché aveva la netta sensazione di attirare ogni volta ulteriori catastrofi. Con o senza George Michael. Ma quei ragazzi le avevano dato un passaggio senza esitazioni ed erano anche stati molto carini, quindi iniziò a raccontare per l'ennesima volta. Arrivata all'incontro con le tre vecchiette, Micha accese il motore e il furgone lasciò il parcheggio per dirigersi verso l'autostrada. Forse anche lei avrebbe dovuto scrivere un romanzo *on the road* come quello di Kerouack. Ma a chi sarebbero interessate le peregrinazioni di una studentessa a Natale?

«È davvero incredibile» disse Micha al volante. «Finora non mi era mai capitato d'incontrare qualcuno così sfortunato. A parte Piet, quando fuma qualcosa che gli fa vedere i puffi.»

«Aspetta, il meglio deve ancora venire!» replicò Anna, cominciando a raccontare di Jaroslav, della polizia doganale, del pasticcio con il caffè e del treno partito sotto i suoi occhi. E di *Last Christmas*.

«In effetti quella canzone dà proprio sui nervi» concordò

Clarissa. «A Micha per poco non prende un colpo tutte le volte che la sente.»

«Sul serio?» Anna rivolse un sorriso al surfista-rasta. Allora avevano qualcosa in comune...

«Sì, e visto che non l'abbiamo mai sentita nell'ultim'ora, mettiamo su un bel CD per evitare brutte sorprese.»

Fece l'occhiolino ad Anna, che arrossì. Magari era proprio lei che portava jella, e non la canzone. «Forse avreste fatto meglio a non darmi un passaggio, chissà cosa può ancora capitare...»

«Sciocchezze!» la interruppe Micha. «Non è colpa tua, hai solo avuto una sfortuna nera!»

«Sì!» esclamarono, d'accordo con Micha, tutti quelli ancora svegli. Cosa ne pensasse il dormiglione, invece, non era dato sapere.

«Ma com'è possibile che una canzone porti sfiga?» ribatté lei, perché, a pensarci bene, dire che *Last Christmas* portava sfortuna a chi la sentiva era una vera assurdità. Era più facile che fosse il suo rancore nei confronti del Natale ad attirare la malasorte...

«Perché è una canzone stravecchia, orrenda e irritante. Per quale motivo pensi che la gente in questo periodo sia tanto agitata?»

«Sì, è quello che penso anch'io!» concordò Jason, e diede un altro tiro alla canna. Le palpebre gli erano calate al punto che solo per miracolo riusciva ancora a seguire la conversazione, ma non avrebbe resistito a lungo prima di chiuderle del tutto.

Poco dopo gli altoparlanti dell'impianto stereo diffusero musica rock. Anna non faceva fatica a immaginare che quei quattro d'estate andassero in giro per concerti. Perché lei non aveva mai fatto niente del genere? Avrebbe potuto noleggiare un mezzo come quello insieme a Paula e poi andarsene in giro tutta l'estate...

Ma avrebbero mai potuto farlo se Paula avesse deciso di sposare Karsten?

Mentre gli altri, a parte Micha, erano impegnati a fumare, Anna aprì la valigia e tirò fuori il libro di fiabe che le aveva dato la signora Hallmann. Resistendo alla tentazione di rileggere ancora una volta la lettera si mise a sfogliare il volume. Le illustrazioni erano davvero belle e, come poté constatare, c'erano alcune fiabe ormai dimenticate di cui aveva sentito parlare per la prima volta solo all'università. Quel libro era un autentico gioiello e già pregustava il momento in cui lo avrebbe letto a Jonathan.

Clarissa andò a sedersi accanto a lei.

«Dove hai preso quel libro?» chiese, sprofondando sul sedile accanto.

«Me lo ha regalato per Natale una signora che assisto.»

Clarissa allungò la mano. «Posso?» Quando Anna le fece cenno di sì, accarezzò con leggerezza le pagine. «Mi ricorda un po' mia nonna» disse, pensosa. «Anche lei ne aveva uno uguale.»

Anna stava per chiederle cosa fosse successo a sua nonna, quando Clarissa riprese: «È morta quando avevo dieci anni. Già allora le fiabe non mi piacevano più e i miei genitori, nel fare le pulizie di casa, hanno buttato il libro. Eppure, tutte le volte che vedo un volume così, penso a lei». Le spuntò un sorriso sulle labbra.

«Cosa fai nella vita?» le chiese Anna, dopo che Clarissa ebbe osservato per un po' il libro. Aveva coperto la lettera, non voleva che la ragazza la vedesse.

«Studio Giurisprudenza a Potsdam.»

Anna rimase sbalordita. Un'avvocatessa che fumava erba? Ma in fondo non era poi così assurdo. Magari anche il suo severo professor Winkelstein da giovane si era fatto qualche spinello. Ciò avrebbe spiegato certi suoi strani colpi di testa.

«Però non sono ancora del tutto sicura di voler diventare un avvocato. Ho scelto Giurisprudenza più che altro per compiacere i miei. Vogliono il meglio per me, non so se mi spiego.»

Anna capiva bene, e infatti pensò subito a Gerd e alle osservazioni sulla facoltà che aveva scelto. Ma era fermamente decisa a dimostrargli quanto si sbagliasse.

«Anche il mio patrigno voleva che facessi altri studi, ma chi ha detto che con la letteratura non si possa diventare qualcuno?»

«Certo, magari prima o poi ti daranno il Nobel.»

Anna scoppiò a ridere. «Se fosse per il mio professore, non meriterei nemmeno la laurea. Ma a volte la vita prende una piega diversa da quella che uno si aspetta. Magari un giorno pubblicherò dei romanzi, chissà, persino dei bestseller.»

«E comunque non devi fare per forza la scrittrice.»

«Ma io *voglio* fare la scrittrice. Solo che vorrei scrivere storie mie, non quelle che decide un professore per me.»

Clarissa annuì, poi disse: «Io andrei in giro per il mondo e scriverei guide turistiche».

«Sì, per segnalare dove si trova l'erba migliore» intervenne Micha.

Clarissa lo ignorò. «In ogni caso trovo fantastico che tu possa fare quello che ti piace. Quando mi sarò laureata, forse lo farò anch'io.»

Anna guardò di nuovo il suo libro di fiabe, ma poiché non aveva voglia di leggerlo, lo richiuse.

Magari dalla signora Hallmann si stavano già scambiando i regali. Anna si ricordò che da bambina a casa sua scartavano i regali presto, perché doveva andare a letto prima degli adulti.

Con la testa appoggiata al finestrino guardò gli alberi che al tramonto si stavano tingendo di rosso. La neve sembrava zucchero filato rosa, tra i rami faceva capolino qua e là qualche timido raggio di sole. Anna chiuse gli occhi. Sentiva le ombre degli alberi passarle velocemente sul viso riscaldato dal sole. Una sensazione di pace e calore si impossessò di lei.

E poi…

… Si ritrovò di nuovo davanti alla casa con la porta troppo alta, solo che non era più così alta e l'uomo anziano con la barba bianca non era più così minaccioso. Addirittura sorrise quando la fece entrare in una piccola stanza con le piastrelle colorate, un tavolo bianco e quattro sedie al centro. Meravigliata, si rese conto che era la cucina della casa in cui aveva vissuto con sua madre da piccola, prima che conoscesse Gerd. Nella stanza c'era un aroma dolce di zucchero filato e biscotti di pasta frolla. Da qualche parte giungevano risate di bambini; poi si vide correre dietro l'angolo: una bambina di nove anni con le trecce e dei fermagli a forma di ciliegia. Aveva in mano tutto l'occorrente per disegnare un albero di Natale come centrotavola per la sera a cena.

Vide Anna bambina ritagliare l'albero da un foglio di carta verde.

Poi arrivò suo padre, che le accarezzò la testa e, sorridendo, si chinò verso di lei. «Cosa fai di bello?»

«Un albero di Natale» sentì dire alla piccola Anna. «Per stasera.»

«Oh, sarà sicuramente fantastico.»

Dopo averle dato un bacio sui capelli, uscì dalla cucina.

Uno scoppio improvviso ruppe il silenzio. La piccola Anna alzò gli occhi spaventata. Sembrava un vaso che, cadendo a terra, andava in mille pezzi.

Mettendo via la colla che aveva in mano, scese dalla sedia e corse verso la porta da cui poco prima era uscito il padre.

Sentì i suoi che gridavano. Negli ultimi tempi litigavano

spesso, ma fino ad allora mai con tanta violenza. A differenza di quella piccola, l'Anna matura sapeva che era stato il padre la causa di tutto. E che c'era di mezzo un'altra donna.

Guardò la bambina uscire dalla cucina.

Quando la piccola Anna si affacciò alla camera dei suoi, vide sparpagliati a terra i cocci di un vaso antico. E lesse anche negli occhi della madre l'odio che provava nei confronti del padre. L'uomo fremeva, non per il freddo o per la paura, ma per la rabbia.

Quando si girò di scatto e vide Anna, era scuro in volto. In un attimo si era completamente trasformato. Rimase lì immobile con quell'espressione adirata per qualche istante ancora. Poi, per un secondo incrociò lo sguardo di Anna, che si ritrasse terrorizzata.

«Markus!» lo aggredì la donna. Come per magia, suo padre si trasformò di nuovo. I tratti del volto apparvero d'improvviso più distesi. E tuttavia Anna ebbe come la sensazione che qualcosa fosse cambiato.

«Cosa c'è, Anna?» le domandò la madre. Le accarezzò i capelli, ma Anna non guardava lei, guardava il padre. Ancora non riusciva a credere a quello che aveva appena visto. «Va tutto bene?»

«Sono venuta a vedere cosa sta succedendo» rispose lei.

«Mamma e papà hanno semplicemente litigato» ribatté sua madre. «Non è niente di grave.»

«E farete la pace?»

«Certamente.» Sua madre le diede un bacio e, prendendola per mano, l'accompagnò fuori dalla stanza. L'Anna adulta sapeva che non avrebbero fatto la pace. Quella lite, la vigilia di Natale, avrebbe cambiato tutto, per sempre…

Anna si risvegliò di soprassalto mentre sfrecciavano davanti a un autogrill. Per un attimo credette di essere di nuovo in treno, poi sentì un odore dolce. Mentre si raddrizzava sul sedile si guardò intorno.

«È buffo» disse, senza sapere se qualcuno la stesse ascoltando o se avesse voglia di sentire il suo sfogo. Forse tutto il fumo che aveva respirato cominciava ad avere degli effetti anche su di lei. Non si vergognava più, improvvisamente aveva abbandonato ogni remora. «Non sopporto il mio patrigno, anzi lo odio proprio, ma non so il perché. Okay, è diverso da mio padre, ma dopotutto non è una cattiva persona. Ha sempre cercato di fare la cosa giusta, si è preso cura di mia madre, di me e di mio fratello.

Credo di odiarlo perché ha preso il posto di mio padre. O forse, in realtà, sono io che non riesco a perdonare mio padre per essersene andato via di casa. Mi sono chiesta spesso perché ci abbia piantate in asso e se possa esser dipeso da me. Mia madre è stata a lungo infelice, e io non ho fatto altro che augurarmi che lui ci ripensasse e tornasse a casa. E poi è arrivato Gerd. Non mi è mai piaciuto, fin dall'inizio, nonostante si sia impegnato molto per farsi benvolere. Ho sempre soppesato ogni sua parola, lo faccio ancora oggi. Probabilmente non arriverà mai a capire perché io desideri fare la scrittrice, ma in fin dei conti si preoccupa soltanto di come mi guadagnerò da vivere. Il fatto che non condivida i miei piani per il futuro non significa che si disinteressi di me.»

Quando diede un'occhiata al gruppo, vide che i suoi potenziali ascoltatori dormivano ancora. Ma forse era meglio così.

«Storia figa» disse immediatamente Micha. «Forse dovresti sapere che studio Psicologia. Le tue conclusioni sono giuste. Anche se non conosco tutti i dettagli, probabilmente è davvero così: non hai perdonato tuo padre per avervi abbandonate e proietti tutto quest'odio sul tuo patrigno.»

Anna non avrebbe mai pensato di trovare lì su quel bus qualcuno che le facesse una consulenza psicologica gratis. Ma era un bene che quel tipo la capisse. Si tolse la cintura di sicurezza e scorse di qualche posto in avanti. Ora erano svegli solo il ragazzo rasta e lei, mentre fuori calava la sera.

«Pensi che la mia insofferenza per il Natale nasca da lì?»

«Non ti piace il Natale?» domandò lui, e pur non vedendolo in faccia intuì che stesse sghignazzando. «Ma dài, il Natale piace a tutti!»

«Sì, è quel che si dice, ma poi vedi lo stress della corsa ai regali e ti viene da chiederti dove sia finita la pace e la serenità di cui tutti si riempiono la bocca sotto le feste. Forse la gente dovrebbe fumarsi un po' della vostra roba per rilassarsi e prendere tutto con la dovuta calma.»

«Dovrebbero legalizzare l'hashish. Ma non se ne parla nemmeno. Io stesso non fumo più, per questo tocca sempre a me guidare quando andiamo da qualche parte.»

Adesso sorrise pure Anna. Il ragazzo era un tipo a posto. Non certo il principe azzurro, ma un pensierino dopotutto poteva anche farcelo.

«Insomma, come ti dicevo, il Natale non mi piace più. E il mio entusiasmo non è svanito all'improvviso: a essere sincera la gioia dei preparativi è andata diminuendo con gli anni, via via che non vedevo tornare mio padre per le feste – nonostante io ci sperassi sempre con tutto il cuore. Non ci ha mai spedito neanche una cartolina, mai una telefonata, niente.»

«Hai mai provato a cercarlo?»

Anna scosse la testa. «No, perché quando sono diventata abbastanza grande per farlo mi era già passata la voglia. Avevo rimosso che la lite della separazione era avvenuta la vigilia di Natale. Poco fa l'ho sognata rivedendo tutta la scena e ora ho capito che non ce l'ho con il mio patrigno e con mia madre. È tutta colpa di mio padre, di quella lite furibonda la sera della vigilia. Da allora, senza rendermene conto, ho sempre associato al Natale una sensazione di perdita. Da bambina non ci davo peso, crescendo, però, quella sensazione mi ha logorata dentro…»

«È molto importante dare ascolto ai propri sogni.»

«Dici?»

«Ma certo! Al di là di ogni banale interpretazione, i sogni sono importanti per rielaborare quello che vivi o quello che non riesci ad accettare.»

«Allora dovrei sognare più spesso» replicò Anna pensierosa. «Evidentemente mi riesce solo quando viaggio, anche se in realtà farei volentieri a meno di avventure come questa.»

«I viaggi sono importanti perché servono anche a ritrovare se stessi. Come hai appena fatto tu.» Fece una breve pausa e poi, ridacchiando, aggiunse: «Può anche darsi che dipenda dall'aria che si respira qua dentro… Apro il finestrino di continuo per non andare KO. Ma tornando alla tua storia, cos'è successo poi con tuo padre?»

«Neanche un mese dopo la lite se n'è andato. La mamma non mi ha voluto dire il perché, ma nel frattempo ho saputo che c'era di mezzo un'altra donna. Voleva andarsene in giro per il mondo insieme a lei, essere libero. Un sacco di scemenze. Si può essere davvero liberi quando si sta insieme a qualcuno?»

Mentre Anna rifletteva, Micha intervenne: «Dipende dalla persona con cui si sta insieme».

«Mmm, può darsi. Be', comunque se n'è andato con la sua nuova fiamma e da allora per lui non siamo più esistite. Ha continuato a pagare gli alimenti, ma il Natale del litigio è stato anche l'ultimo che abbiamo festeggiato insieme.»

«È molto triste. Ma il fatto che tu ne stia parlando dimostra che sei pronta a lasciarti questo brutto episodio alle spalle.»

«Può darsi. In ogni caso Gerd ha preso il suo posto e io ho riversato su di lui tutto l'odio che invece avrei dovuto riservare a mio padre. Quindi, dopo la delusione di quel Natale, la gioia per le feste è diminuita e ora mi basta sentire l'odore delle mandorle tostate o ascoltare una canzone natalizia per andare fuori di testa.»

«Oddio, per quanto riguarda le canzoni che danno alla radio in questo periodo, neanch'io ne vado matto.»

«E se lo dici tu che ami il Natale... Figurati io! »

«Un momento, anche tu lo ami, devi solo ritrovare il coraggio di ammetterlo. Il cibo, le luci, quel senso di pesantezza assurda che ti senti addosso dopo aver mangiato e poi mangiato ancora. Non vedo l'ora di essere a casa per gustarmi l'insalata di patate della mamma.»

«Allora tu e i tuoi amici non festeggiate insieme?»

«Ma no, figurati! Li scarico dalle loro famiglie, e poi devo andare fino a Oranienburg per riportare a casa Clarissa e Jason. I loro genitori vivono là, sono avvocati.»

«E non fanno storie per le canne?»

«No, da giovani se le sono fatte anche loro, forse anche più di Clarissa. Certo, di tanto in tanto la mettono in guardia, ma che si può dire di convincente a una diciannovenne quando alla sua età non si è stati migliori di lei? Comunque mi chiedo seriamente cosa farò con Piet: spero di riuscire a svegliarlo. I suoi non saranno affatto comprensivi quando glielo riporterò a casa completamente fatto.»

«E cosa pensi di fare con l'erba?»

«La getterò in un cestino della spazzatura strada facendo. O, meglio ancora, in un cassonetto dove nessuno può andare a frugare. Non sarebbe bello che un barbone venisse arrestato per detenzione di droga... Dove ti devo portare di preciso? Berlino è così grande.»

Anna ci pensò un attimo. Davvero voleva trascinare Micha e compagnia per tutta Berlino fino a Zehlendorf? Proprio a Natale, quando le loro famiglie li stavano aspettando? No, non se ne parlava, e poi c'era da mettere in conto pure il traffico.

«Basta che mi lasci alla prima stazione della sopraelevata» disse. «Alla torre della radio. Da lì puoi tornare indietro in direzione Oranienburg.»

«Ne sei proprio sicura?» Micha prese la deviazione per Berlino-Reinickendorf.

«Sicurissima. Sono nata qui, conosco bene la città. Il resto del tragitto lo farò in treno: le ferrovie sono in debito con me per questa avventura.»

21

Anna scese dal furgone stranamente sollevata. E non solo per aver sopportato il freddo del finestrino aperto e il fumo dolciastro. Era come se avesse lasciato lì sopra una parte del peso che negli anni si era portata dietro. Ora doveva solo cercare di arrivare a Zehlendorf. Nel giro di mezz'ora sarebbe stata a casa! Anche se era passato del tempo dall'ultima volta che c'era andata, conosceva bene la strada, in fin dei conti era lì che aveva trascorso l'infanzia.

«E ora cosa farai?» chiese Micha, che era sceso insieme a lei.

Anna si accorse in quel momento del suo fisico atletico, da vero surfista. Lo guardò un po' stupita. Perché gli interessava cosa avrebbe fatto?

«Be', cercherò di arrivare a casa e poi finalmente festeggerò il Natale.»

«Con tua madre, tuo fratello e il tuo patrigno.»

«Sì, siamo solo noi.»

«Non hai un ragazzo?» Il suo sorriso la colpì.

«No, non ce l'ho più da un bel pezzo ormai. Non era... quello giusto.»

Micha si frugò nella tasca destra dei pantaloni e tirò fuori carta e penna. Le ultime cose che Anna avrebbe immaginato avesse in tasca. Nemmeno lei era solita portarsi dietro da scrivere. Micha le porse il foglietto dopo averci annotato sopra recapito, numero di telefono e indirizzo mail. «Mi farebbe piacere rivederti» le disse con un sorriso disarmante. «Se avessi voglia di chiamarmi o di fare un viaggio con noi… penso che ci completeremmo a vicenda.»

Anna arrossì. Nessuno era mai stato così diretto con lei. «Ci penserò…»

Il surfista-rasta sorrise: «In primavera faremo un giro in Spagna, uno Spring Break, se così possiamo dire. Sarà divertente, e con te Clarissa non sarebbe più l'unica ragazza del gruppo. E poi…». Il suo sorriso si fece più intenso. «Mi farebbe davvero piacere rivederti, scrittrice. Potresti fare un resoconto del viaggio.»

Anna abbassò gli occhi per l'imbarazzo. Esisteva l'amore a prima vista? Non conosceva la risposta. Una cosa era certa, a lei non era mai capitato. O forse sì? Era troppo stanca e confusa per ricordarsene.

«Allora…» disse lui alla fine.

Anna si accorse che Micha aveva freddo. Anche lei, ma non ci aveva fatto caso.

«Allora…» ribatté lei sorridente. «Buon rientro a Oranienburg, e sta' alla larga da George Michael!»

«Ah, se è per questo non ti devi preoccupare. Ho ancora una pila di CD con me. E finché gli altri saranno nel mondo dei sogni potrò ascoltare tutto quello che mi va.»

«Buon Natale, Micha» disse Anna, stampandogli un bacio sulla guancia. «Sono sicura che ci rivedremo.»

«Lo spero.»

Dopo averla salutata risalì sul furgone. Anna immaginò che avesse continuato a guardarla dallo specchietto retrovisore, perché ci mise qualche istante a riavviare il motore; poi il mezzo partì in direzione dell'autostrada.

In quel momento Anna si rese conto che durante quell'ultimo tragitto niente era andato storto. Forse la responsabilità era proprio di quella canzone, oppure del suo atteggiamento nei confronti del Natale. Si convinse che doveva trattarsi di quest'ultimo. Comunque era sulla buona strada per far chiarezza dentro di sé.

Sorridendo, si diresse verso la tramvia. Non c'era quasi più nessuno in giro.

Dal riflesso sul display del distributore automatico di biglietti vide che stava ancora sorridendo. A differenza di quello della stazione di Ludwigslust, questo funzionava perfettamente, e quando apparve il treno in lontananza il biglietto era già stampato.

Cosa farò per prima cosa, una volta arrivata a casa?, si domandò. *Probabilmente dovrò sorbirmi una predica*, fu la sua risposta immediata. Certo che ora avrebbe potuto chiamare i suoi, ma il treno era già in stazione e doveva salire.

Si sedette e appoggiò la testa al finestrino osservando gli edifici sfilare davanti a sé.

Non addormentarti!, si ammonì, sentendo gli occhi che iniziavano a chiudersi. Terrorizzata, si raddrizzò sul sedile, ma fu inutile. Il sonno si stava già impossessando del suo corpo e della sua mente. *Solo qualche minuto*, si disse. *Mi riposo solo qualche minuto.*

22

«Prossima fermata: Giardino zoologico!»

Anna sobbalzò sul sedile in preda al panico. Si guardò intorno: era ancora seduta sul tram. Non sapeva di preciso dove si trovasse, mentre il treno rallentava entrando in stazione.

Giardino zoologico. Era proprio lì che doveva scendere. Per fortuna stavolta si era svegliata in tempo! Scese e raggiunse la scala mobile che, con un leggero scricchiolio, la portò di sotto.

La stazione era piuttosto movimentata: c'era molta più gente in giro di quello che si aspettava. All'ingresso trovò un albero di Natale piegato dal vento; nell'aria c'era profumo di pizza e biscotti, frammisto all'odore tipico dei binari. Niente musica, ma anche se da qualche parte George Michael avesse cantato a squarciagola il suo *Last Christmas*, probabilmente sarebbe stato coperto dalle voci, dagli annunci e dal rumore dei treni in arrivo.

Quando Anna arrivò al binario stentava a credere ai suoi occhi. I colori lilla, giallo e rosa brillavano su una panchina come un grazioso bouquet. Possibile? A bocca aperta e con gli occhi spalancati si diresse dalle tre signore senza preoccuparsi del treno che sarebbe arrivato solo un quarto d'ora dopo.

«Guarda un po' chi sta arrivando» disse la signora Lilla quando riconobbe Anna, e la signora Ranuncolo aggiunse: «Già, ci si incontra sempre due volte nella vita».

Waltraud, la signora Rosa, si alzò di scatto e andò incontro a braccia aperte alla ragazza. «Che piacere rivederla, signorina.»

Anna si lasciò abbracciare, chiedendosi come facesse la signora Rosa a profumare di fresco: sembrava appena uscita da un negozio di fiori.

«Il piacere è tutto mio!» ribatté Anna, che non si sarebbe mai aspettata di ritrovarle tutte e tre lì. «Come siete arrivate fin qui? Si sono accorti della vostra assenza e sono tornati a prendervi?»

«Purtroppo no» rispose la signora Lilla, mentre la signora Rosa faceva sedere Anna sulla panchina. «Per fortuna, però, abbiamo trovato un passaggio.»

«Da dei giovanotti piuttosto trasandati» aggiunse la signora Ranuncolo. «Erano vestiti come i miei figli quando, nonostante cercassi di raddrizzarli, erano ancora dei giovani scapestrati. Poi, dopo aver messo la testa a posto, si sono vendicati dei miei sforzi. Temo che i genitori di quei ragazzacci faranno la mia stessa fine.»

«Ce l'hai con loro perché non hanno fatto altro che chiamarti "nonnina"» disse Waltraud, con una punta di malizia negli occhi.

«Hanno chiamato così anche te!» replicò la signora Ranuncolo, stizzita.

«Ma io non me la sono presa» ribatté la signora Rosa. «Semmai mi sono dovuta mordere le labbra quando mi hanno detto in faccia che il mio colore di capelli non va più di moda.»

«Comunque, adesso siamo qui e vogliamo girare tutta Berlino in treno. Se non altro ci risparmieremo la pillola per la digestione che ci rifilano ogni volta dopo mangiato.»

«Pillola per la digestione?» si meravigliò Anna. «Possono farlo?»

«Non ha idea di quante cose facciano che in realtà non potrebbero fare!» tuonò la signora Ranuncolo, ma la signora Rosa scosse la testa.

«Ma no che non ci danno pillole per la digestione. Solo a chi ha mal di stomaco dopo mangiato.»

«In quel caso un bell'amaro sarebbe molto più utile e gradito» commentò la signora Lilla con aria sconsolata, leccandosi le labbra asciutte.

«Figuriamoci, hanno paura che ci ubriachiamo con un semplice bicchierino di grappa.»

«Non è ammesso bere alcol?» chiese Anna incuriosita.

«In realtà no» rispose la signora Rosa.

«Cosa che non vale però per le infermiere...» aggiunse indispettita la signora Ranuncolo.

«Sì, e quando quei giovanotti ci hanno lasciate alla periferia della città,» riprese la signora Lilla come se il discorso le stesse particolarmente a cuore «abbiamo deciso di prolungare un po' la nostra gita.»

«Ma alla casa di riposo non staranno in pensiero per voi?»

«Magari!» replicò la signora Ranuncolo. «È quel che si meritano. Potevano anche cercarci!»

«A quest'ora ci avranno già date per disperse!» disse la signora Rosa, compiaciuta. «Ho sempre desiderato salire su un'auto della polizia, chissà che emozione.»

«Se è per questo, perché non andiamo a rapinare una banca?» ribatté brusca la signora Lilla. «Quella sì che sarebbe un'emozione da brivido, la vigilia di Natale!»

«Sì, se ti piace la prigione» replicò la signora Rosa. «Da lì non se ne esce, altro che casa di riposo.»

«Almeno le guardie saranno più attraenti» ribatté la signora Ranuncolo, ridendo sotto i baffi.

«Temo che in tal caso finiremmo in un carcere femminile, quindi addio guardie attraenti!»

«Ma ci assegnerebbero un bell'avvocato d'ufficio, magari con un debole per delle vecchie scarpe come noi!»

Le tre donne scoppiarono a ridere. Anche Anna rideva divertita. E a un tratto si immaginò insieme a Paula, da vecchie, con indosso dei vestiti sgargianti. Paula sicuramente non avrebbe abbandonato la sua passione per il verde e lei... Chissà, magari sarebbe diventata un po' più disinvolta. Il verde non era certo il suo colore preferito, a parte la sciarpa da Grinch, non aveva niente di verde nel suo armadio; che dire invece di un bel rosa shocking? O di un turchese acceso?

«E lei, signorina, è di nuovo in viaggio?» chiese ora la signora Lilla, che sembrava aver archiviato l'idea della rapina in banca.

Anna indicò il suo trolley. «No, un furgone di hippy mi ha dato un passaggio fin qui.»

«Ah, è per questo che odora di hashish» osservò brusca la signora Ranuncolo.

«Come sai che odore ha l'hashish?» chiese la signora Rosa, fingendosi scandalizzata.

«Be', sono stata giovane anch'io. Non crederete davvero che abbia sorseggiato tè e camomilla tutta la vita!»

«Certo che no, ma che tu avessi preso delle droghe...»

La signora Ranuncolo scrollò le spalle. «Sì, le ho prese, e allora? Tu no?»

«Mia madre mi avrebbe dato una bella strigliata!»

«Io mi sono rovinata con il fumo» ammise la signora Lilla.

«Balle!» fu il commento della signora Ranuncolo. Prima che le altre due potessero replicare arrivò il treno.

Salirono e si sedettero tutte e quattro accanto, vicino all'uscita. Le tre donne anziane attiravano l'attenzione dei passeggeri.

Anna vide un uomo di una certa età, carico di regali, scuotere la testa. Ma le tre signore non se ne accorsero neanche.

Le stazioni scorrevano l'una dopo l'altra mentre le donne disquisivano su quali fossero e dove si trovassero gli uomini più belli del mondo. Passata la fermata di Fehrbelliner Platz le donne non erano ancora scese, quindi Anna si affrettò a chiedere: «Ehm, cosa ne direste se venissi a trovarvi alla casa di riposo la prossima volta che tornerò a Berlino?».

«Davvero vorrebbe avventurarsi in quel buco orrendo?» domandò la signora Ranuncolo, incassando qualche sguardo sdegnato da parte degli altri passeggeri.

«Non sarà poi così orrendo. E di sicuro avrete anche un bel giardino.»

«Ci farebbe davvero piacere, signorina, se venisse a trovarci!» Waltraud aveva un'espressione raggiante e la signora Lilla aggiunse: «Allora dovremo sgraffignare una fetta di torta in più e tenerla in serbo per lei. E poi ci potrà raccontare come ha passato il Natale».

«Sempre che l'estate prossima non me ne sia già dimenticata» replicò Anna sorridente.

«Oh, è ancora così giovane. E poi, con tutto quello che ha passato dubito che scorderà questo Natale tanto in fretta.»

«Allora ho bisogno del vostro indirizzo.»

Le donne si guardarono, poi Waltraud rispose: «È la residenza "Gioia delle Alpi". Chieda di Waltraud, sono io».

Di sicuro non era il nome della casa di riposo, ma era comprensibile che non volessero dirlo ad alta voce davanti a tutti. L'istituto l'avrebbe trovato comunque, magari proprio durante le feste, per assicurarsi che le tre signore fossero rientrate sane e salve dalla loro gita.

Risuonò l'annuncio: «Prossima stazione Rüdesheimer Platz».

«Adesso purtroppo dobbiamo scendere» disse afflitta la signora Rosa. «Allora verrà davvero a trovarci?»

«Naturalmente, è una promessa» ribatté Anna, poi riabbracciò velocemente le tre signore mentre le porte si aprivano. «Buon Natale!» gridò, mentre scendevano dal treno.

«Anche a lei, signorina!» replicò la signora Ranuncolo; dopo di che le porte si richiusero.

Quando il convoglio ripartì, Anna si girò per salutarle ancora una volta, ma erano già sparite.

Subito fu colta da un dubbio: che fossero il frutto della sua fantasia invece di essere persone in carne e ossa? Si era immaginata le tre anziane signore perché altrimenti non avrebbe saputo come sopportare quella incredibile vicenda? Sarebbe stato comunque un ottimo spunto per una storia – che il professor Winkelstein non avrebbe apprezzato, ma... c'era qualcosa che apprezzasse sul serio? Rielaborare quella situazione l'avrebbe di sicuro divertita.

Il treno fu preso d'assalto da altra gente, che non sempre lo utilizzava per spostarsi da un luogo all'altro della città. Alcuni avevano con sé degli strumenti, un clarinetto e un sassofono, e su una specie di carretto della spesa avevano fissato una cassetta che sembrava un juke-box. Le porte non si erano ancora richiuse che subito salutarono i passeggeri e accesero il juke-box.

Anna si preparò al peggio. Se quei ragazzi si fossero messi a suonare *Last Christmas*, probabilmente il treno si sarebbe bloccato in galleria, oppure sarebbe andata via la luce e un'orda di zombi avrebbe invaso i vagoni. Ovviamente quest'ultima ipotesi era improbabile, ma ormai tutto le sembrava possibile. Persino tre fantasmi natalizi dai vestiti sgargianti.

Ma non era *Last Christmas* quello che il sassofonista e il clarinettista attaccarono a suonare.

«Feliz Navidad!» urlava a squarciagola il cantante accompagnandosi col tamburello. «Feliz Navidad...»

Anna cercò di mantenere la calma. Nella sua lista dei brani di Natale più ascoltati e più odiati questo occupava un meritato secondo posto davanti a *White Christmas* di Bing Crosby.

Tuttavia, dopo aver imprecato tra sé contro quella canzone, Anna si sentì improvvisamente più serena. E non dipendeva dal fatto che i musicisti avessero cambiato genere; era semplicemente confortata dalla loro presenza. E poi, era finalmente a casa! A Berlino. Ed erano ormai pochi i minuti che la separavano dal rivedere Jonathan, sua madre e il suo patrigno.

I musicisti avevano appena finito di suonare il loro pezzo quando il treno frenò all'improvviso e si fermò. I passeggeri si guardarono stupiti.

Per un attimo rimasero tutti in ascolto, il silenzio era quasi tangibile. Ad Anna passarono davanti agli occhi tutta una serie di scenari disastrosi.

«La settimana scorsa» sentì dire a una signora che parlava con la vicina «qualcuno ha tentato il suicidio. Si è messo a correre nella galleria, quell'idiota, voleva farsi investire. Per fortuna se ne sono accorti in tempo e hanno fermato il treno. Ci è voluta quasi un'ora per ripartire. E così il mio appuntamento dal parrucchiere è andato a farsi benedire.»

«Signore e signori, a causa di un guasto tecnico siamo costretti a sostare ancora qualche istante in galleria» fu l'annuncio che sollevò un gran mormorio.

«Ce ne sarà un altro, di sicuro!» sentenziò la donna. «Non meraviglia che certe cose succedano proprio a Natale, con tutte le persone che soffrono di solitudine e depressione.»

«Non è proprio così» intervenne un signore. L'elegante cappotto nero si addiceva perfettamente ai capelli grigio argento.

Anche se non c'era niente che lo dimostrasse, aveva l'aria del medico o dello psicologo. «Stranamente, a Natale si ha il tasso più basso di suicidi. Il tasso più alto è in primavera e in estate.»

«Può darsi che sia semplicemente andata via la corrente» azzardò una donna anziana, ma gli altri passeggeri non si mostrarono convinti.

«No, no, stia pur certa, c'è qualcuno nella galleria. Magari arriverà anche la polizia.» La donna si girò verso il finestrino e allungò il collo, ma si vedeva solo un gran buio.

Anna fece un respiro profondo. La gente non aveva niente di meglio da fare che parlare di suicidi proprio la vigilia di Natale?

«Ehi, allora suoniamo ancora!» annunciò il capogruppo dei musicisti, e poco dopo la melodia ripartì.

Ad Anna sembrò di esser finita di nuovo in un sogno, anzi in un incubo. *Forse dovrei fare una richiesta:* Last Christmas, pensò.

Si infilò la mano in tasca, trovò qualche spicciolo e si alzò per andare a fare la sua richiesta ai musicisti. In quel preciso istante il treno ripartì.

Anna mise comunque qualche monetina nel bicchiere di carta del ragazzo che passava a raccogliere le offerte, e sorrise.

23

«Prossima stazione Krumme Lanke!»

Anna, che nel frattempo era rimasta da sola sul vagone, si alzò, prese il trolley e si avvicinò alla porta mentre il treno frenava.

Finalmente! La stazione di Krumme Lanke la accolse con una pallida illuminazione artificiale; a parte i lampioni, l'oscurità inghiottiva tutto il resto. Intorno alla luce turbinavano fiocchi di neve, un vento gelido e pungente spingeva le persone a correre più veloci.

Andò sul binario e guardò l'orologio della stazione. Era affidabile? Si presumeva di sì, non tutti gli orologi delle stazioni andavano indietro.

In ogni caso il giorno prima si era svegliata sul treno quasi alla stessa ora, a duecento chilometri da lì. L'uomo dello spazzaneve era ancora al lavoro? Ce l'avrebbe fatta a festeggiare il Natale con la moglie? E cosa ne era stato dei numerosi clienti in albergo a Binz? Della gente all'autogrill? Dello studente che voleva fare il capitano e che si vestiva da Babbo Natale? E di Jaroslav, che certamente avrebbe consegnato il suo carico più tardi del previsto? Dei poliziotti che non vedevano l'ora di festeggiare il Natale? Della gentile commessa del negozietto alla stazione di Ludwigslust? Di Micha e dei suoi amici?

Mentre saliva le scale per arrivare all'uscita, Anna aveva di nuovo quei volti negli occhi. Era grazie a tutti loro se alla fine era arrivata a casa!

Mentre camminava sul marciapiede, le tornò in mente quanto fosse silenziosa la città. Dalle case giungeva in strada una luce gradevole e qua e là si sentivano voci di bambini che intonavano qualche canto di Natale. Dietro la finestra una famiglia numerosa cantava in coro *Stille Nacht, heilige Nacht.*

Anna accelerò il passo. Non doveva permettere che sua madre si preoccupasse oltre.

Alla fine si fermò davanti a una casa a tre piani dipinta di giallo. Si accorse che il cuore le batteva forte e aveva le mani fredde e tremanti. Il vento le sferzava il volto mentre fissava la finestra illuminata al secondo piano.

Anna pensò ai regali che aveva portato alla sua famiglia. Anche se la valigia era un po' ammaccata, i doni erano ancora intatti. Ma sarebbero piaciuti? In realtà ciò che le stava maggiormente a cuore era festeggiare il Natale tutti insieme.

Sospirando, tirò fuori dalla tasca della valigia le chiavi di casa. Aprì il portone e si incamminò per il corridoio in cui di solito si sentiva odore di gatto e che ora invece sapeva di anatra arrosto, dolci e vin brulé.

Il cuore le batteva sempre più forte. Arrivata alla porta di casa, si fermò. Doveva aprire con le sue chiavi o suonare?

Decise di suonare. Mentre aspettava, sentì dei passi, delle voci, poi sua madre. La porta si aprì e fu investita da un raggio di luce. Sullo sfondo le sembrò di scorgere il bagliore dorato delle palline dell'albero, mentre veniva avvolta come da una calda coperta profumata.

Era proprio sua madre quella che le era venuta incontro. Il viso, che somigliava al suo, era rilassato. Quella distensione si trasformò in gioia vera non appena vide chi c'era sulla porta.

«Anna, finalmente sei arrivata!» esclamò abbracciandola.

«Anna!» gridò il fratellino, e anche Gerd le andò incontro con fare affettuoso. Lei fece un gran sorriso e sentì che tutto lo stress accumulato finalmente svaniva. Chiuse gli occhi, e a un tratto fu tutto come una volta, quand'era piccola e adorava il Natale. Le preoccupazioni e i pensieri più cupi avevano lasciato il posto al calore e all'affetto della sua famiglia, che le avrebbe fatto dimenticare le ultime disavventure. Dopo la madre, fu Jonathan a gettarle le braccia al collo, e ad Anna si riempirono gli occhi di lacrime. Era arrivata.

«Ti ho portato un regalo» bisbigliò al fratellino. «L'ho rubato a Babbo Natale durante il viaggio.»

Jonathan le diede un bacio per la felicità.

Gerd se ne stava lì un po' impacciato, come se non sapesse bene come muoversi e cosa dire. Poi si abbracciarono.

Ora sì che era davvero Natale.

Epilogo

Su tutta Lipsia regnava un silenzio quasi solenne quando Anna si incamminò per andare a trovare la signora Hallmann. Il mercatino di Natale nel frattempo era sparito e dei festeggiamenti del Capodanno rimaneva solo qualche traccia qua e là. L'aria era tersa, non si sentiva più l'aroma del panpepato o delle mandorle tostate, e soprattutto non si sentiva più *Last Christmas*. Lipsia aveva ripreso i suoi odori e i suoi colori tipici.

Anna aveva sottobraccio il libro di fiabe, non perché volesse restituirlo alla signora Hallmann. No, lei non l'avrebbe mai ripreso indietro. Ma per tutto quel tempo non era riuscita a togliersi dalla testa il soldato autore della lettera. Aveva persino cominciato ad abbozzarne la storia per il professor Winkelstein.

Giunta davanti a casa dell'anziana signora, Anna si fermò a guardare in alto, verso le finestre in cui si specchiavano minacciose le nuvole invernali. Solo ora erano incorniciate da quella luce particolare, solo ora si avvertiva realmente l'inizio del nuovo anno, lo si vedeva e lo si respirava – o almeno questa era la sua impressione.

Suonò il campanello e la porta si aprì subito. Anna si era sentita enormemente sollevata quando, chiamando a casa della signora Hallmann, si era assicurata che stesse bene.

Nel frattempo aveva scritto su un'agendina i numeri di telefono più importanti, primo fra tutti quello della mamma.

I giorni di festa passati con lei, Gerd e Jonathan erano stati bellissimi, e non solo perché al suo fratellino era piaciuto da morire il libro di fiabe che gli aveva regalato.

No, quell'anno era stato tutto diverso. Le palline dell'albero le erano sembrate più dorate e il pranzo di Natale era stato il più delizioso da tempo. Perché si era privata così a lungo di quei piaceri?

Era stata una festa tranquilla, piacevole. Come aveva detto Micha, dopo essersi rimpinzata di prelibatezze si era appisolata sul divano e poi con Jonathan aveva rivisto per l'ennesima volta *Cenerentola*. E avevano scritto insieme una storia! Jonathan si era appassionato tantissimo, e fu allora che Anna aveva avuto la certezza del suo futuro di scrittrice, un futuro neanche troppo lontano. I tentativi fatti con Jonathan le avevano dato qualche spunto per il suo lavoro. Avrebbe scritto della magia del Natale. Dickens aveva già riscosso un enorme successo sull'argomento, e certo il suo professore non avrebbe trovato nulla da obiettare stavolta.

Quando alla fine era ripartita, aveva avvertito una sensazione di dolore. Sarebbe stato così anche in seguito, ogni volta che fosse tornata a casa?

Arrivata alla porta della signora Hallmann, la trovò in attesa. Indossava un nuovo cardigan di lana grigio e una gonna a fiori. Le feste di Natale dovevano essere state un toccasana per le sue gambe che in effetti si erano sgonfiate parecchio. Aveva un gran bel sorriso sulle labbra.

«Eccoti qui, bambina mia! Che bello rivederti.»

«Sono felice anch'io di rivederla, signora. Tutto bene?»

«Non si vede? Le feste di Natale sono state piuttosto movimentate. E stavolta non abbiamo neppure litigato, né per i regali, né per altre sciocchezze.»

«Mi fa piacere.» Anna le porse la scatola che teneva in mano. «Ho qui qualcosa con cui brindare al nuovo anno.»

«Oh, è un dono graditissimo! Entra pure.»

Ancora odore di torta, stavolta al cioccolato, che la signora poteva mangiare solo a piccole dosi per via del diabete. Anna ripensò alle tre vecchiette della casa di riposo, ma decise di non raccontare niente. Le avrebbe cercate non appena si fosse convinta che esistevano davvero e non erano state soltanto il frutto della sua fervida immaginazione.

La signora Hallmann accompagnò Anna in soggiorno, dove le attendeva il tavolino da caffè già apparecchiato per l'occasione.

«Come stai, ora che il Natale è passato?» le chiese, versandole del caffè.

«Non mi lamento» rispose Anna. «Anzi, a essere sincera, è stato davvero un bel Natale. Ma prima di raccontarle del mio viaggio, avrei una domanda.»

Aprì il libro di fiabe alla pagina in cui aveva infilato la lettera. Per tutte le feste, l'idea di sapere cosa ne fosse stato del soldato non le aveva dato pace.

Sul viso dell'anziana signora spuntò un sorriso malinconico. «Quindi l'hai trovata.»

«Sì, me ne sono accorta sfogliando il libro, e confesso di averla anche letta.»

«E ne avevi tutto il diritto, visto che il libro ora è tuo. Penso che le cose più interessanti dei libri non siano tanto le vecchie pagine o le storie che racchiudono, quanto le tracce di vita vissuta che custodiscono.»

Anna prese la lettera e la porse all'anziana signora. «Ho pensato che avrebbe voluto riaverla.»

Il volto della signora Hallmann lasciò intravedere un sorriso dolceamaro, ma non tradì nessun'altra emozione. «A dire il vero quella busta fa parte del libro: essendo tuo, è tua anche la lettera. Ma ti racconto volentieri l'intera storia. Come forse ti sarai già accorta da sola, la lettera ha un significato per me. Un significato talmente importante che vorrei saperla in buone mani il giorno che me ne andrò da questo mondo.»

«Sì, tra una cinquantina d'anni!» esclamò Anna, facendo ridere di cuore la donna.

«Non vuoi proprio che trovi pace, eh? Ma per la tua tranquillità, sappi che vengo da una famiglia di persone molto tenaci. Non ce ne andiamo tanto in fretta, e io ho intenzione di arrivare almeno a cent'anni.»

La signora Hallmann fissò qualche istante la sua tazza di caffè, poi iniziò a raccontare: «Ho conosciuto Kurt d'estate, prima della guerra, era impegnato con la sua squadra in un torneo di nuoto nella zona dove abitavo. Allora avevo appena compiuto quattordici anni e in realtà ero ancora troppo giovane per l'amore; tuttavia mi innamorai perdutamente di quel bel ragazzo di diciassette anni. Ti dirò, anche altre ragazze erano cotte di lui, specialmente quelle più grandi, e quindi ero convinta di non avere alcuna chance. Eppure ci siamo messi insieme: a volte è destino che due persone si trovino. All'inizio ci frequentavamo di nascosto, poi scoprimmo di abitare non molto distante l'una dall'altro. Continuammo a incontrarci segretamente, senza che il nostro amore si scalfisse col passare del tempo.» Un sorriso trasognato le spuntò sulle labbra. Pur senza riferirli ad alta voce, si vedeva che i particolari di quella lunga estate le tornavano in mente uno a uno. Si crogiolò ancora qualche istante nel ricordo di un passato per lei molto bello, poi un'ombra le coprì il viso.

«Scoppiò la guerra e Kurt venne arruolato. Promisi di aspettarlo e di scrivergli non appena avesse avuto un indirizzo di posta militare. Ci baciammo alla stazione, senza curarci degli sguardi dei passanti. Poi iniziò la lunga attesa. Eravamo tutti convinti che il conflitto sarebbe finito presto. Ma non fu così.»

Prese in mano il foglio e ne accarezzò la calligrafia. «Ti sarai sicuramente chiesta perché non c'è un mittente.»

Anna fece cenno di sì con la testa. «L'ha messa in un'altra busta, vero?»

«Sì, anche perché quella originale era ormai logora. Volevo conservare almeno la lettera.»

Fece una pausa e, dopo un sospiro, riprese a raccontare.

«La ricevetti proprio la vigilia di Natale, e fui triste e felice al tempo stesso. Triste perché leggevo quanto stava male il mio Kurt, felice perché tutte quelle lettere erano la prova che lui era vivo e mi amava ancora. Passai forse il Natale più bello della mia vita solo per aver ricevuto sue notizie, per il resto non avevo molto altro di cui rallegrarmi. Io e mia madre facevamo del nostro meglio per occuparci del sostentamento dei miei fratellini; mio padre dal fronte non si faceva più sentire da mesi. Nel frattempo avevo raccontato a mia madre di Kurt, perché non sopportavo più la sua mancanza. Avevo paura di dimenticarlo, per questo ne parlavo. Mia madre si ricordò persino chi fosse e ammise di avere avuto qualche sospetto. Ma dopo che era stato arruolato non mi aveva detto più niente, per rispetto nei miei confronti. Allora cominciammo a parlare spesso di lui, a volte ripetevamo anche le stesse cose, ma questo non ci annoiava. A ogni parola si rafforzava il ricordo che avevo di lui, dei suoi baci, dei suoi abbracci, del suo odore. Non abbiamo mai fatto l'amore, eppure a volte avevo come la sensazione che fosse nel letto accanto a me e che mi abbracciasse facendomi sentire al sicuro.

Poi ci fu il bombardamento. La sirena ci buttò giù dal letto. Non riuscii a prendere nient'altro oltre al cappotto, e questo libro di fiabe dove custodivo gelosamente la lettera del mio Kurt. Col volume sottobraccio corsi insieme a mia madre e ai miei fratelli al rifugio antiaereo. Fu un bombardamento massiccio. Il tetto del rifugio crollò in parte, c'era polvere dappertutto, pensavamo che saremmo morti tutti quanti. Mi strinsi il libro al petto, il libro con la lettera, e pensai per tutto il tempo a Kurt. E poi all'improvviso fu come se qualcuno mi prendesse in braccio. Non era mia madre, doveva consolare i miei fratellini che piangevano e si lamentavano. No, non c'era nessuno che mi abbracciasse davvero. Eppure... Ero sicura che fosse Kurt. Ovviamente non era lì, ma forse aveva percepito la mia paura. Forse in quel momento stava pensando a me. Questo pensiero mi aiutò a superare la notte. Due ore dopo uscimmo dal bunker – della casa non era rimasto quasi più nulla. In una manciata di secondi mi ero ritrovata con solo il cappotto, i vestiti che portavamo anche a letto in caso di attacco aereo, e il libro di fiabe con dentro la lettera di Kurt.

Ma quella non fu l'ultima prova che dovemmo superare. Mentre camminavamo per trovare rifugio nella città vicina, fummo attaccati dagli aerei che volano a bassa quota. Iniziammo a correre a più non posso; mia madre e due dei miei fratellini furono colpiti da una granata – non a morte, ma feriti gravemente; ci misero un sacco di tempo a riprendersi.

Sei mesi dopo ho saputo che il mio Kurt era morto. Ma non d'estate, quando arrivò la notizia, no, era stato ucciso dai partigiani proprio la sera della vigilia di Natale. Ero a terra, distrutta. Nonostante tutto, avevo passato un bel Natale. Sentivo dentro di me che Kurt era ancora vivo. E invece... era già morto e sepolto da tempo in chissà quale campo di battaglia. Di lui restava soltanto un francobollo, e la sua lettera. A un tratto mi resi conto del perché ero sopravvissuta al bombardamento degli aerei a bassa quota: avevo la netta sensazione che in tutte le disgrazie qualcuno stesse sempre al mio fianco, a proteggermi. Si potrebbe parlare all'infinito di fede, dell'aldilà, ma io so che è stato Kurt a tenermi in vita. E lo ha fatto anche in seguito. Naturalmente da allora in poi cominciai a farci caso, ma più ci stavo attenta, più certi segni si diradavano. Ero disperata: in qualche modo l'annuncio della sua morte aveva spazzato via anche il suo angelo custode. Ma poi, col passare degli anni, piccoli miracoli continuarono ad accadere. Ho conosciuto un'altra persona, con cui sono stata sposata per più di quindici anni. Ho avuto dei figli, sopravvivendo anche a parti difficili. E tutte le volte che mi sono trovata in difficoltà ho sempre avuto la sensazione che Kurt fosse lì a vegliare su di me. Non è un caso che sia arrivata alla mia veneranda età.»

«È una storia bellissima» disse Anna, con un groppo alla gola.

«Per certi versi sì, lo è. Tu ci credi agli spiriti, ragazza mia?»

Anna stava per rispondere di no, quando le tornarono in mente le tre signore che dal nulla si erano materializzate sul binario per sparire subito dopo. Doveva ancora verificare che quelle donne vivessero davvero alla casa di riposo, come le avevano raccontato.

«Dipende» rispose evasiva.

«Io non saprei, ma credo senz'altro che lo spirito del mio Kurt mi accompagni ovunque. Sei la prima persona con cui ne parlo. Non ho mai raccontato di lui né ai miei figli né a mio marito. Sono certa che il suo influsso positivo passerà a te, se custodirai gelosamente questa lettera.»

«E allora cosa ne sarà di lei?»

«Io sono vecchia, e poi credo che a Kurt farà piacere prendersi cura di una giovane carina come te.» Sorrise con aria maliziosa. «In fin dei conti sei tu quella che fa viaggi avventurosi e che ha più bisogno di un angelo custode.»

La signora Hallmann si avvicinò al tavolo e mise una fetta di torta nel piatto di Anna. «E ora raccontami di te, del tuo viaggio e delle tue conquiste amorose. Chissà se anche tu hai incontrato il tuo Kurt.»

Anna accennò un sorriso. «Be', non direi di aver incontrato un vero e proprio Kurt, ma il suo amico per certi versi mi ha aiutata. Altrimenti le cose avrebbero preso una piega completamente diversa.»

E così Anna iniziò a raccontare la sua storia rocambolesca.

Quando uscì da casa della signora Hallmann, squillò il cellulare che sua madre le aveva regalato nuovo di zecca in sostituzione di quello distrutto all'autogrill.

Lo prese dalla tasca e rispose senza guardare il display.

«Allora, Grinch, sei tornata a casa?»

Era Paula. Ad Anna spuntò un sorriso sulle labbra. «Sì, ma adesso il soprannome Grinch non mi si addice più. Non dimenticare che stavolta ho festeggiato un Natale coi fiocchi!»

Non appena le si era presentata l'occasione, Anna le aveva raccontato cos'era successo. Le aveva scritto una mail piuttosto lunga e poi altre mail per spiegare meglio, e soprattutto per convincere l'amica che non si era inventata niente.

«Dopotutto è stata una bella avventura. Ne avrei fatto volentieri a meno, ma è stata comunque un'esperienza.»

«E com'è andata a finire col surfista? Piacerebbe anche a me trovare un tipo così.»

«Hai detto bene, è proprio un tipo» ribatté Anna sghignazzando. «Ma prima che tu possa invaghirti di un surfista, cosa pensi di fare con Karsten?»

«Gli ho restituito l'anello» spiegò seria l'amica. «È meglio così.»

Anna rimase esterrefatta. «E perché?»

«Perché sono troppo giovane per sposarmi.»

Anna sospirò. Era un po' dispiaciuta che Paula avesse rifiutato la proposta di matrimonio.

«Su, non essere triste, Karsten l'ha presa bene, e sai cos'ha fatto?»

«Cosa?»

«Ha detto che terrà l'anello e ci riproverà fra due anni. Ti rendi conto?»

«Come, scusa? Non vi siete lasciati, allora?»

«No, perché dovevamo lasciarci? Ci amiamo, è solo che ancora non voglio sposarmi. E a dire il vero, non lo vuole neppure lui. Si era fatto contagiare dall'atmosfera natalizia, sai com'è.»

«Allora niente albero di Natale neppure quest'anno?»

«Certo che sì: mi ha mandato un MMS che lo ritraeva accanto a un abete. Non un granché come albero, ma pur sempre un albero di Natale. Allora, ti va una fetta di torta di mele?»

«Oggi non posso, facciamo domani?»

«Quando vuoi. I miei corsi ricominciano dopodomani. Avremo tutto il giorno per noi.»

«Tutto il giorno, wow!» esclamò Anna al settimo cielo. «Okay, allora a domani! Se non mi riaddormento in treno.»

«No, ti prego, non farlo!» replicò Paula ridendo, per poi riagganciare subito dopo.

Quando Anna si mise in tasca il cellulare, trovò il foglietto di Micha. Se n'era quasi scordata!

Era il suo numero. Doveva chiamarlo? Anche quello era un

argomento di cui avrebbe discusso con Paula davanti a un caffè e a una fetta di torta.

A quel punto salì di slancio sul tram in direzione dello studentato. Quel giorno doveva arrivare un'altra lettera di Jonathan. Il solo pensiero la fece sorridere.

Della stessa autrice

Brossura - pp. 480 - euro 9,90

Corina Bomann

Il giardino al chiaro di luna

Mentre la neve ricopre Berlino con il suo manto candido, la giovane antiquaria Lilly Kaiser osserva i passanti transitare davanti alla vetrina del negozio, in attesa di rientrare finalmente a casa. A un certo punto, però, un uomo anziano varca la soglia e le consegna un prezioso violino, sostenendo che le appartiene. Scossa da quella visita, Lilly apre la custodia e trova uno spartito dal titolo "Giardino al chiaro di luna". La curiosità cresce, insieme all'attrazione per quell'antico strumento. Con la complicità di Ellen, amica d'infanzia ed esperta restauratrice, e di Gabriel, affascinante musicologo, Lilly inizierà un viaggio che la porterà prima a Londra, poi in Italia, e infine nella lontana e selvaggia isola di Sumatra, sulle tracce di due enigmatiche violiniste scomparse molti anni prima. Quale segreto si nasconde nella storia del violino? Per quale motivo è finito nelle sue mani? E cosa ha a che fare tutto questo con lei?

UN'AVVENTURA EMOZIONANTE.
UNA STORIA MERAVIGLIOSA E COMMOVENTE.

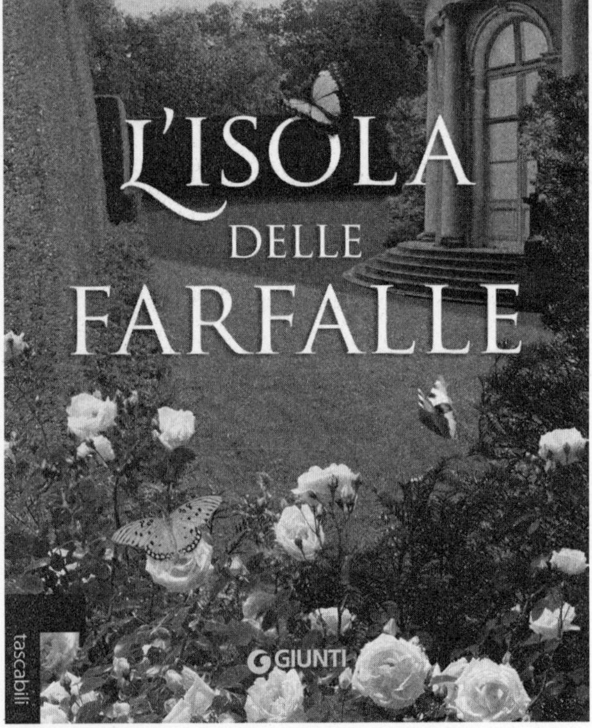

Brossura - pp. 496 - euro 5,90

Corina Bomann

L'isola delle farfalle

È un triste risveglio per la giovane avvocatessa berlinese Diana Wagenbach: dopo l'ennesimo tradimento del marito, una telefonata dall'Inghilterra la informa che la cara zia Emmely è in punto di morte e vorrebbe vederla un'ultima volta. Come in un rebus, l'anziana donna le consegnerà alcuni indizi legati a un terribile segreto di famiglia, custodito gelosamente per anni nell'antica dimora di Tremayne House: una foto ingiallita che ritrae una bellissima donna di fronte a una casa tra le palme, una foglia incisa in caratteri misteriosi, una bustina di tè, una vecchia guida turistica. A Diana è affidato il difficile compito di portare alla luce che cosa accadde tanti anni prima, nel lontano Oriente, a Ceylon, l'incantevole isola del tè e delle farfalle. Qualcosa che inciderà profondamente anche sul suo destino…

**SEGRETI, ESOTISMO E PASSIONE
IN UN'UNICA, TRAVOLGENTE STORIA D'AMORE.**

MISTO
Carta da fonti gestite
in maniera responsabile
FSC® C023532
www.fsc.org

Stampato presso Giunti Industrie Grafiche S.p.A.
Stabilimento di Prato